www.tredition.de

AF196278

Dietfried Zink

Schattenwolken

Novelle
in drei Teilen

ein Buch für

Schüler,

Lehrer

und für solche,

die ihre eigene Jugend nicht

ganz vergessen haben.

© 2017 Dietfried Zink
Umschlagfoto: Dagmar Zink
Lektorat: Ulrike Döpfer

Verlag: tredition GmbH, Hamburg

ISBN:
Paperback   978-3-7439-1842-9
e-Book   978-3-7439-1479-7

Printed in Germany

Inhaltsverzeichnis

1. Teil Der Krankenbesuch

2. Teil Die dunklen Sonnentage

3. Teil Das Nachspiel

Motto

Die halbe Wahrheit ist die

gefährlichste Lüge

Jüdisches Sprichwort

Anstatt eines Vorwortes:

Wer sich an seine eigene
Kindheit nicht mehr
deutlich erinnert,
ist ein schlechter Erzieher

Marie von Ebner-Eschenbach

1.Teil

Der Krankenbesuch

Der Abend

Es war Abend, kein Abend wie alle anderen zuvor. Dieser Herbstabend mit einem leichten Flügelschlag des Sommers war breit gefächert in seiner Spannweite. Es roch nach Herbstlaub und reifen Früchten, und der Abend fiel wie ein verdunkelnder Schattenschirm in die untergehende Sonne ein. Die Grenze zwischen hell und dunkel war rasch überwunden. Etwas Beunruhigendes hatte der Abend mit sich gebracht, so als wolle er mir die bevorstehende Nachtruhe rauben. Auch an meinem Schreibtisch konnte ich keine Ruhe finden. War ich doch etliche Male in meinem Arbeitszimmer auf- und abgegangen. Aus meinem Arbeitszimmer trat ich auf den Balkon hinaus. Eine milde Herbstluft umspielte mich. Ich genoss es, mit aufgestützten Armen auf dem Balkongeländer in den Sternenhimmel zu sehen. Da waren so viele Sterne in den Himmel geschrieben, unbekannte Zeichen und Sternbilder, die auf etwas hindeuten wollen, auf etwas Geheimnisvolles, das für uns Menschen unergründlich ist. Jemand hatte eine unentzifferbare Lichterkette angezündet, die jedoch für den einen oder anderen etwas aussagt; ein Weg wurde vorgezeigt, der irgendwohin, vielleicht auch ins Nichts führt. Wohin sollte ein Weg führen, wenn die verlockende Leuchtkraft da ist?

Eigentlich hätte ich an meinem Schreibtisch sitzen müssen und die Stoffverteilungspläne für das neue Schuljahr schreiben sollen, aber etwas in mir hielt mich davon ab, und es war nicht nur der sternenübersäte Nachthimmel, sondern es war ein Erlebnis, das mich gefangen hielt und daran hinderte, beruflichen Pflichten nachzugehen.

Dann schrillte das Telefon. Ich nahm den Hörer ab und konnte mir nicht vorstellen, wer noch zu dieser späten Stunde anriefe: „Entschuldigen Sie die späte Störung, ich bin Frau Stirner, die Mutter ihres Schülers Egon Stirner. Wie Sie ja wissen, liegt mein Sohn im „Sigmund-Freud - Krankenhaus", und wir hoffen, dass er sich hier in guten Händen befindet. Er ist leider nur selten für kurze Zeit ansprechbar. Ich möchte Sie bitten, wenn es Ihre Zeit erlaubt, ihn zu besuchen. Es würde ihm bestimmt helfen."

„Ja, natürlich werde ich Ihrer Bitte nachkommen. Ich hätte auch ohne diese Aufforderung dem kleinen Egon einen Krankenbesuch abgestattet."

Nach diesem Anruf war an Schlaf nicht mehr zu denken. Ich wälzte mich im Bett hin und her und konnte nicht einschlafen. Die ganze Zeit musste ich an unser gemeinsames Erlebnis im Schullandheim denken und an die Konsequenzen, die sich für den kleinen Egon daraus ergeben hatten. Ich wollte ergründen, welche Fehler mir unterlaufen waren, als ich dieses Schullandheim leitete, das dem kleinen Egon irgendwie zum Verhängnis wurde. Alles in allem war mir bewusst, dass ich nur einer inneren Stimme folgte, als ich mich zum vorgesehenen, planmäßigen Ablauf der fünf Schullandheimtage entschieden hatte. Aber die Frage ist die: Habe ich richtig gehandelt, habe ich alles getan, um mich selbst von jeglicher Schuld freizusprechen, habe ich auf die unvorhersehbaren Ereignisse, die unser Schullandheim bedrohten, richtig reagiert, habe ich die Gefahr richtig eingeschätzt und versucht, diese von uns abzuwenden? So viele Möglichkeiten des alternativen Handelns in dieser Situation gab es ja gar nicht. Ich glaube schon, dass ich im Sinne des Schutzes der Gemeinschaft gehandelt hatte, ohne die Geschehnisse heraufbeschworen zu haben, obwohl ich viele Hinweise auf bevorstehende Ereignisse, verworrene Andeutungen sowie ungenaue Äußerungen eines Schülers unberücksichtigt gelassen hatte. Wie konnte ich auch diesen vagen Aussagen Beachtung schenken, die - wie ich annahm - eines Realitätsbezugs entbehrten.

Ich schreibe hier über das Ende einer selbst erlebten Geschichte, die sich wie eine erfundene Geschichte anhört. Das Ende ist aber immer schwieriger als der Anfang, schon deshalb, weil sich am Anfang immer etwas zusammenbraut, weil sich etwas rein zufällig zusammenfügt, so wie wenn eine unsichtbare Hand Mikado - Holzstäbchen aus der geballten Faust der Umklammerung loslässt und diese Stäbchen auseinanderfallen und sich sternförmig in Abständen, Überlagerungen und Querstellungen anordnen. Dieses ist die Ausgangssituation, aus der heraus sich das Spiel entwickelt. Das Ende hingegen ist geprüfter, sorgenvoller und von Freude und Überraschung, Ärger oder gar Zweifeln ausgefüllt. Nicht so, dass ein Ende nicht auch einer schicksalhaften Bestimmung unterliege, aber für die Beteiligten, für die Mitspieler ist der Ausgang in Frage gestellt. Das Ende hat viel mehr Gewicht als der Anfang und lässt den Wunsch aufkommen, wieder zum Anfang zurückzukehren oder diesen gar ungeschehen zu machen. Verständlicherweise verwünscht man den Anfang nur dann, wenn er sich zu einem folgenschweren Ende entwickelt hat, wie das Aufkommen eines leichten Windstoßes, der nachher zu einem Wirbelsturm oder gar zu einem Orkan anwächst.

Der Morgen

Der Morgen war eine Mischung aus Unausgeruhtsein, schlechtem Beigeschmack und Erlöstsein zugleich. Wie gut, dass ich am Abend vergessen hatte, den Rollladen herabzulassen, so konnte ich im Fenster das Tageslicht wie auf einer Mattscheibe erkennen, und ein gebrochener Sonnenstrahl fiel als gelber Einzelstrich auf mein Kissen. Vielleicht hätte ein Maler dieses Bild als modernes Bild in einer Ausstellung zeigen können unter dem Titel „Der verirrte Sonnenstrahl." Ich hatte schon immer Schwierigkeiten, so rasch aus dem Schlaf in den Wachzustand überzugehen, das heißt, aus dem Zustand der Nachtruhe in den neu angebrochenen Tag einzusteigen. Auf alle Fälle ging das nicht so nahtlos, ohne dabei auch Hilfsmittel anzuwenden. Eines dieser Hilfsmittel war eine Tasse starken Kaffees. Und damit sah der neue Tag wirklich etwas freundlicher aus.

Und natürlich waren mit dem Morgen auch die Alltagssorgen wieder da, die mich wie mit einer Zange umklammert hielten. Es war ein Samstag, ein schulfreier Tag, aber mein Vorhaben war sogar auf dem Terminkalender vermerkt: „Krankenbesuch bei Egon Stirner in der Klinik."

Ich setzte mich in mein Auto und fuhr zur Sigmund-Freud - Klinik. Die Anlage stand auf einer kleinen Anhöhe, auf einem großen Plateau und war von einer gepflegten Parkanlage umgeben. Der Gebäudekomplex hatte das Aussehen einer Festung, die für den Besucher uneinnehmbar schien und umgekehrt den Eindruck erweckte, dass sich der dort eingelieferte Patient eines auserwählten Schutzes erfreuen durfte. Die Festung strahlte Ruhe, Geborgenheit und Frieden aus. Nach der Einfahrt fuhr man noch eine Allee entlang, die aufrecht gewachsene Pappeln säumten, die wie schlanke, in die Höhe gezogene Riesensoldaten aussahen. Vom Parkplatz führte dann rechter Hand ein von Ziersträuchern eingefasster Fußweg zum Hauptportal der Klinik. In Gedanken versuchte ich mir ein Gespräch zurechtzulegen, das ich unter Umständen mit dem kleinen Egon zu führen gedachte. Da plötzlich sprang eine Person aus dem Gebüsch hervor und versperrte mir den Weg. Ich erschrak, wich ruckartig zurück, stand reglos da und wartete ab, was nun dieser Mann im bordeauxroten Morgenmantel als Nächstes tun werde. Dieser pflanzte sich selbstbewusst mit Siegesmiene einen Meter weit vor mir auf und fragte mich: „Weißt du, wer ich bin?" Ich verneinte durch Kopfschütteln. „Wieso kennst du mich denn nicht? Alle kennen mich, alle wissen, wer ich bin. Ich bin nämlich Johann Wolfgang von Goethe." „Aha", sagte ich, „dann weiß ich, wer du bist. Ich wusste nur nicht, dass du da bist." „Ja, das hättest du nicht vermutet, dass ich in einer psychiatrischen Klinik bin. Ich bin ja auch nicht freiwillig hier. Sie haben mich eingeliefert, weil sie glauben, ich sei krank. Bin ich aber nicht."

Ich konnte beim besten Willen nicht feststellen, was es mit einer Ähnlichkeit mit Goethe auf sich habe, außer dass dieser Mann schütteres weißes Haar und eine hohe Stirn hatte. Er machte einen Schritt auf mich zu, und ich wich instinktiv einen Schritt zurück. „Stell dir vor", sagte er, „sie haben mir meine Ulrike von Levetzow geraubt, gerade als ich ihr meine sechs Gedichte zeigen wollte, die ich ihr in Marienbad geschrieben und gewidmet habe." Er machte dabei ein ganz trauriges, altes Gesicht. „Ja", sagte ich, „das ist schon nicht in Ordnung, man müsste der Sache auf den Grund gehen." Dann nestelte er an der Seitentasche des Morgenmantels herum und holte eine mit Gummiband gebundene Papierrolle hervor, die er mir zeigen wollte. Aber er zog sie rasch zurück, als ich diese entgegennehmen wollte, um die Gedichte zu lesen. „Nein", und er lachte ein zynisches Lachen, „nein, nein diese gebe ich dir nicht, du willst sie mir wegnehmen." An seinem Lachen merkte ich, dass dieser Mensch vom Normalen abwich. Es war ein krankhaftes Lachen, das eigentlich nur in seine eigene konstruierte Welt eines Persönlichkeitswahns passte. Er drehte sich brüsk um, und mit einem Satz verschwand er hinter den Büschen.

Dieses also war eine andere Welt, der wir -Gott sei Dank- nicht angehörten. Was nur spielte sich im Bewusstsein dieser Menschen ab, was für Gründe müssen vorliegen, um Menschen in diese Welt zu bringen, um Menschen aus unserer normalen Welt zu vertreiben? Und wie schmal ist dieser Grat zwischen diesen beiden Welten, der normalen und der abnormalen. Vielleicht aber auch bezeichnen die Kranken unsere Welt als eine unwirkliche Welt, in die sie nicht mehr zurück wollen, weil sie unwirtlich und unmenschlich ist, voller Hass, und wo Terror die Peitsche knallen lässt.

Ist diese „unsere Welt" eine „normale Welt", sind diese Menschen hier, die eine Auseinandersetzung mit anderen

Menschen suchen und durch Selbstmordattentate andere unschuldige Menschen in den Tod reißen, sind sie alle „normale Menschen?" Diese dürften doch auch nicht zu unserer „normalen Welt" gehören, aber auch die abnormale Welt braucht diese Menschen nicht. Wir wissen bald nicht mehr, wie wir die Menschen diesen beiden Welten zuordnen sollen. Ich weiß nicht, warum wir Menschen unentwegt denken müssen, ist nicht schon dieses grüblerische Nachdenken etwas Krankhaftes, warum nicht einfach meditieren, versuchen das Denken auszuschalten, frei sein vom Ballast der Gedanken, an nichts denken, sich auf den Weg der buddhistischen Erleuchtung machen mit den hochgestellten buddhistischen Forderungen.

Solche und ähnliche Gedanken gingen mir durch den Kopf, als ich mich bei der Anmeldung nach dem Patienten Egon Stirner erkundigte, der im Zimmer 207 untergebracht war.

Es gab im großen vierstöckigen Haupttrakt nur Dienst-Aufzüge. Für Patienten und Besucher kam nur das Treppenhaus in Frage. Das Zimmer 207 lag im zweiten Stockwerk und konnte bei geübtem Treppensteigen mit Leichtigkeit ohne zu keuchen erreicht werden. Ich hatte mich aber inzwischen eines anderen besonnen. Ich wollte, bevor ich noch mit dem kleinen Egon Verbindung aufnahm, mit dem behandelnden Arzt sprechen. Man sagte mir bei der Auskunft, dass Prof. Dr. Siegfried Klamer für diesen Fall „Egon Stirner" zuständig sei. Ich fand ihn an seinem Schreibtisch sitzend, in seinem Arbeitszimmer, das ich durch höfliches

Anklopfen nach einem deutlichen „Herein" betrat. Er forderte mich auf, vor seinem Schreibtisch auf dem mir zugewiesenen Stuhl Platz zu nehmen. Erst jetzt konnte ich meinem Gegenüber so richtig in die Augen schauen, und dabei zuckte ich zusammen. Hier saß ja Nostradamus mit seinem lang gezogenen Gesicht, der langen spitzen Nase, dem weißgrauen Vollbart und dem gepflegt hinunter hängenden Schnurrbart, mit seinen geschwungenen Lippen, dem Lippenbärtchen und seinem stechenden Blick, der mich durchbohrte. Am Kopf trug er zwar nicht die schwarze Sechskantmütze des 16. Jahrhunderts, dafür aber seine weiße Arztmütze. So saß er hier wie der Leibarzt von Karl IX., so als arbeite er eben an seinen „Centuries". Ich konnte mich von dieser frappierenden Ähnlichkeit kaum erholen und musste ihn unbedingt darauf ansprechen, auch wenn er es mir unter Umständen übel genommen hätte. „Herr Prof. Klamer, ich möchte Ihnen nicht zu nahe treten, aber Sie weisen dem Aussehen nach große Ähnlichkeiten mit dem Arzt und Astrologen Nostradamus auf." Er lächelte etwas verlegen und antwortete: „Sie sind nicht der Erste, der diese Ähnlichkeit feststellt, diese haben auch meine Kollegen und sogar das Dienstpersonal der Klinik wahrgenommen, und für alle meine Kollegen bin ich der „Nostra." (Diesen Spitznamen hat mir meine auffallende Ähnlichkeit mit Nostradamus eingebracht.)" Und irgendwie war ich dann doch beruhigt, dass ich Dr. Klamer durch meine Bemerkung, (die auf die Ähnlichkeit mit dem großen Astrologen zielte,) nicht verletzt hatte. Mir schien erst recht, dass er diese Ähnlichkeit mit Nostradamus bewusst angenommen hatte, vielleicht sehr überzeugend in diese Rolle geschlüpft war und sich im Licht dieser anerkannten Persönlichkeit badete. Und ich dachte so insgeheim: Sieh mal an, hier in dieser Klinik wimmelt es von Persönlichkeiten, egal ob Patienten oder Ärzte, zuerst Goethe, dann Nostradamus, und wenn ich weiter forschen sollte, würde ich noch etliche Persönlichkeiten aufspüren. Und dadurch fand ich meinen Gedanken, den ich vor Betreten dieses Arztzimmers hatte, bestätigt. Diese Klinik stellt eine andere Welt dar. (Sie ist anders als unsere „normale Welt.") Es ist eine scheinbar normale Welt, eine abgekapselte Welt, deren Leben sich in einer Nussschale abspielt, eine von der großen Welt abgenabelte Welt, die ihre eigenen Anschauungen, eine eigene Lebensweise und vielleicht auch ihre eigenen Gesetze hat, zu der wir „gesunde Menschen" keinen Zugang haben.

„Herr Klamer, da ist mir ein Patient aus dem Gebüsch in den Weg gesprungen. Ist es da für die Besucher nicht gefährlich, wenn sie sich solchen Anmachen ausgesetzt sehen, kann da nicht der eine oder andere gar handgreiflich werden? Ich meine, der Vorfall war für mich interessant und vielleicht auch aufschlussreich, aber ob wohl alle so darüber denken, glaube ich nicht. Der Kranke gab sich für Goethe aus."

„Ach ja", sagte der Professor unberührt, „das ist ja unser Dichter, der fügt niemandem ein Leid zu. Der ist jetzt nur auf uns böse, weil wir ihm seine Ulrike weggenommen haben. Die Krankenschwester heißt tatsächlich Ulrike, war aber nur vorübergehend bei uns in Ausbildung und machte ihr Praktikum hier. Sie musste aber zurück zu ihrem Medizinstudium. Ja, aber Sie sind sicher nicht gekommen, um mit mir über berühmte Persönlichkeiten zu sprechen, sondern haben bestimmt ein anderes Anliegen." Damit wollte er mir zu verstehen geben, dass er dieses einleitende Gespräch mit informativem Charakter für beendet hielt und dass ich mich nun dem eigentlichen Grund meines Erscheinens zuwenden solle.

„Selbstverständlich, ich bin eines anderen Falles wegen hier, den Sie, Herr Professor, auch betreuen. Egon Stirner ist mein Schüler und ist vor ein paar Tagen hier auf die Station B eingeliefert worden, und ich möchte, bevor ich ihn besuche, mit Ihnen über Ihren kleinen Patienten sprechen."

„Da gibt es leider nicht viel zu sagen. Seit Mon-tag ist er bei uns und befindet sich nach einem Ohnmachtsanfall in einem Zustand der Katalepsie, der ganz selten, nur ab und zu von Äußerungen unterbrochen wird, in denen er sich dann an seine Umwelt wendet. Sonst hat er dieses Symptom totaler Ablehnung von außen her kommender Einflüsse. Irgendein Vorfall, ein Erlebnis muss bei ihm einen Schock ausgelöst haben, der dann zu diesem Zustand des Zurückweisens und der Nahrungsverweigerung führte. Vielleicht würden wir mit unserer Therapie einen entscheidenden Schritt vorankommen, wenn Sie uns über die dem Ohnmachtsanfall vorausgegangenen Ereignisse berichten."

„Ja, ich möchte gerne dieser Aufforderung nachkommen, aber zuerst muss ich den Krankenbesuch bei Egon machen."

Zimmer 207. Ich klopfte leise an der Tür an. Und richtig. Ich erhielt eine Aufforderung „Herein." Es war eine Krankenschwester, die sich am Flaschenwechsel des Tropfes, an dem Egon hing, zu schaffen machte. Zunächst war ich überrascht, wie einfach und wie nüchtern dieses Krankenzimmer eingerichtet war. Ganz und gar nicht wie man das in den Krankenhaus-Serienfilmen sieht, wo der Patient an vielen Schläuchen angeschlossen ist und mit mehreren modernen Geräten und einer ganzen Apparatur in Verbindung steht. Rein gar nichts war davon zu sehen, nur Egon mit seinem schmalen, bleichen Gesicht in den weiß bezogenen Kissen liegend, wobei seine linke Hand einen Plastikschlauch zeigte, der die Verbindung zum Tropf herstellte. Sein Kopf lag zur Seite gekehrt, und seine Augen waren geschlossen. Er schien zu schlafen, aber die Schwester ermutigte mich und sagte, ich solle ruhig auf ihn einreden, vielleicht erkenne er meine Stimme und öffne dann die Augen. „Vielleicht haben wir Glück, und er gibt wieder ein Lebenszeichen von sich. Er befindet sich in einem Wachzustand, ohne Reaktionen zu zeigen", meinte die Krankenschwester.

Ich trat an sein Bett und nahm seine kleine zarte Hand in meine beiden Hände und sprach mit ihm:

„Hörst du mich, kleiner Egon, ich bin dein Klassenlehrer. Ich möchte, dass du das weißt, dass alle deine Mitschüler dich lieben und nach dir fragen. Sie lassen dich schön grüßen und wünschen dir gute Besserung, sie wollen, dass du bald wieder in unserer Mitte bist. Wir möchten wieder mit dir zusammen sein, mit dir nicht nur lernen, sondern auch gemeinsam Spiele austragen und unseren Spaß haben."

Ich hatte den Eindruck, dass ich einfach nur so daher redete, als ob ein Tonband liefe und ich in das Mikrophon zurechtgelegte Aussagesätze nicht sehr geistreich aneinander reihte, nur um ein Pflichtinterview zu geben. Der Grundgedanke wiederholte sich in immer gleichen Formulierungen.

„Nicht aufgeben, nicht unterbrechen", sagte die Schwester. „Erst wenn er wirklich ein Wort hört, das ihm wichtig scheint, erst dann reagiert er." Sie fügte noch ein „vielleicht" hinzu. Und ich setzte mein monotones, leeres Gerede fort.

„Wir wollen, dass du wieder gesund unter uns weilst, so als wärst du überhaupt nicht weg gewesen." Ich nahm zwei Orangen aus der Jackentasche, die ich dem kleinen Egon mitgebracht hatte, weil es seine Lieblingsfrüchte waren und legte sie auf das weiße Nachtkästchen, das eine aufklappbare Tischplatte als Verlängerung hatte. Und zu Egon gewandt, nahe an seinem linken Ohr sagte ich: „Ich habe dir Orangen mitgebracht, die dir so gut schmecken, die hast du doch im Schullandheim in großen Mengen verzehrt." In diesem Augenblick schlug er die Augen auf und zwar nicht beim Wort „Orangen" sondern beim Wort „Schullandheim." Er sah mich mit seinen großen dunklen Augen an. Und ich fragte ihn: „Weißt du, wer ich bin?" Er reagierte nicht. Und ich fuhr fort: „Ich bin dein Klassenlehrer, mit dem du im Schullandheim warst." Und als ich dieses sagte, leuchteten seine Augen auf. Es gab ein kurzes Aufflackern seines Blickes, der danach wieder starr wurde. Es war nichts zu machen, sein

Zustand blieb nach wie vor unverändert. Und ich dachte bei mir, er brauche Zeit, um wieder zu genesen, bekanntlich heilt ja die Zeit alle Wunden.

Irgendwie traurig, so wenig oder fast gar nichts mit meinem Besuch bei Egon bewirkt zu haben, ging ich zu Professor Klamer, der neugierig war, wie der kleine Patient auf mein Erscheinen reagiert habe. Der Professor wiederholte seine Aussage:

„Vielleicht kommen wir weiter, wenn Sie uns, das heißt mir, über dieses fragwürdige Erlebnis etwas sagen, das bei Egons Ohnmachtsanfall eine ausschlaggebende Rolle gespielt hatte."

Ich rückte meinen Stuhl näher an den Schreibtisch des Professors heran und begann die Geschichte vom Schullandheim zu erzählen.

2. Teil

Die dunklen Sonnentage

Die Vorbereitungen

Die Sonne ging auf und vergoldete die Bergspitzen, die sich wie Schattenrisse am Horizont abzeichneten. Sie blendete mich, und ich musste unwillkürlich in die Sonne blinzeln, aber sie störte mich nicht, nein, sie war mir willkommen und verursachte in mir ein Gefühl des Wohlbehagens, das durch eine sanfte Wärmemassage ausgelöst wurde. Und dabei hatte ich überhaupt nur einen Gedanken, der eigentlich ein stiller Wunsch war: Solch sonnige Tage wünsche ich mir für die Zeit meines Schullandheimaufenthaltes mit einer 7. Klasse. Wir sollten nämlich laut Vereinbarung mit Eltern und Schülern in der Zeitspanne 19.-23. Juli fünf Tage in unserem Schullandheim in den Bergen verbringen. Solch sonnige und unbeschwerte Tage hätte ich mir gewünscht. Ob uns wohl der Wettergott gnädig ist?

Im Vorfeld des Aufenthalts im Schullandheim sind viele und gründliche Vorbereitungen meinerseits und auch von Seiten der Eltern getroffen worden. Das Schullandheim stand; es stand fest wie ein solider Betonpfeiler. Es stand der fünftägigen Wanderung in der Bergwelt mit Unterkunft in einer geräumigen Schutzhütte nichts mehr im Wege, und es gab so gut wie gar nichts mehr zu besprechen, weil vorher in den Besprechungen zum Schullandheim alles sorgfältig geplant worden war. Selbst die Teilnahme der Schüler am Schullandheimaufenthalt stimmte (von 30 Schülern hatten sich 26 Schüler eingeschrieben). Es war alles klar, das heißt wir waren startbereit, nur ein Schüler war sich nicht im Klaren, ob er nun teilnehmen solle oder nicht. Niemand kannte die Ursache seiner zögerlichen Entscheidung, die anfangs ausblieb, bis ich dann mit ihm ein klärendes Gespräch führte. Der Schüler hieß Egon Stirner. Er war ein Neuzugang dieses Schuljahres, hatte pechschwarzes Haar und einen scharfen, stechenden Blick, der dich traf, wenn du ihm gegenüber standest und der dich so durchbohrte, als sehe er wie mit Röntgenaugen in dein Inneres hinein. Er war äußerst wissbegierig und hatte eine „Entweder - oder - Einstellung" zum Unterricht. Interessierte ihn das vorgetragene Thema des Lehrers, so machte er begeistert mit, wobei seine Hand mit ausgestrecktem Zeigefinger in die Luft schnellte, so dass ich fast um meine Augen bangen musste, da er ja in der ersten Schulbank der Mittelreihe saß. Wenn das Thema ihn jedoch langweilte, dann wurde er still und fiel in sich zusammen, war geistesabwesend und rollte sich in sein eigenes Schneckenhaus ein. Dann wirkte er teilnahmslos, und nichts konnte ihn aus der Ruhe bringen. Und noch einen Wesenszug hatte er, um den ihn bestimmt manch einer beneidete und der nur selten jemandem anhaftet und der erst entdeckt werden muss, ehe man ihn als besondere Gabe erkennt: Egon kann Dinge und Ereignisse, die in der Zukunft liegen, voraussehen, das heißt, er besaß hellseherische Fähigkeiten, mit denen er, vielleicht auch unbewusst, sehr sparsam umging.

Das Schullandheim, von dem alle Schüler begeistert waren und im Unterricht nur darüber sprechen wollten, schien den kleinen Egon überhaupt nicht zu interessieren, er reagierte gelangweilt und in ablehnender Weise und nahm sich zurück, wenn vom Thema Schullandheim die Rede war. Nachdem schon längst der Termin der Einzahlung des für das Schullandheim erforderlichen Geldbetrages fällig war, wodurch die Teilnahme auch von Seiten der Eltern endgültig bestätigt wurde, hatte der kleine Egon noch nicht zugesagt. Aber aus einem Gespräch mit seinen Eltern erfuhr ich, dass diese ihrem Sohn die Teilnahme freigestellt hatten und es vielleicht sogar bedauerten, wenn er bei solch einer „Klassenaktion" nicht mitmache. Zwingen wollten sie ihn aber auf keinen Fall. Die Eltern wandten sich an mich, in der Hoffnung, dass ich meinen Einfluss bei Egon geltend machen könnte, so dass ich ihn zu einer, natürlich freiwilligen, Beteiligung am Schullandheim bewege. Also führte ich mit Egon ein Gespräch herbei, das wir nicht vor der ganzen Klasse, sondern nur unter uns in einer Schulpause im Klassenzimmer führten.

„Ich würde es begrüßen, wenn du auch an unserem Klassenausflug teilnehmen würdest, denn du hast eine sehr gute Art des Umgangs mit deinen Mitschülern, sie mögen dich alle, und du könntest auch deinen Beitrag zum guten Gelingen unseres Schullandheimaufenthalts leisten", sagte ich, indem ich versuchte, mit Egon Blickkontakt aufzunehmen. Egon jedoch versuchte diesmal, meinem Blick auszuweichen, indem er seinen Kopf nach unten senkte und sich seine Schuhe ansah. Es hatte den Anschein, als wäre ihm dieses Thema „Schullandheim" unangenehm. Er suchte Ausflüchte. Danach aber zeigte er seine ablehnende Haltung, indem er mit Nachdruck folgenden Satz sprach, wobei er mir jetzt scharf in die Augen sah: „Was soll ich dort im Schullandheim machen, soll ich die ganze Zeit über in der Hütte sitzen?" Dieser Satz hatte mir aber dann doch ein verhaltenes Lachen abverlangt über Egons Einstellung zum Verlauf des Schullandheimaufenthalts, und ich versuchte ihn zu beschwichtigen, dass von einem Herumsitzen in den vier Wänden der Schutzhütte nicht die Rede sei, da wir ja in unser Programm auch Tagesausflüge aufgenommen hätten, die allerdings vom guten Wetter abhängig waren. Ich wies aber darauf hin und fügte noch hinzu, dass die Wetterprognose für diese Zeitspanne warmes, sonniges Sommerwetter voraussage. „Und da wollen wir ja nicht in der Stube hocken", sagte ich lächelnd meinem Gegenüber. Aber der kleine Egon schien unbeeindruckt zu sein von dem, was ich ihm sagte und meinte, um dieses Gespräch, das ihm aus irgendeinem Grund nicht gefiel, zu beenden: „Also, wenn meine Mitschüler das wünschen, dann mache ich mit. An mir soll es nicht liegen." Er sagte das so, als ob es ihm völlig gleichgültig sei, dabei zu sein oder dem Schullandheim fern zu bleiben.

Also war auch der letzte willkommene Teilnehmer an unserer „Expedition Nego" geworben und für unser Schullandheim war auch von der Schulleitung durch Dienstsiegel und Unterschrift grünes Licht gegeben worden.

Der erste Tag

Es war so ein Tag, wie ich ihn mir gewünscht hatte: Bilderbuchwetter, als wir zum festgelegten Zeitpunkt in das Schullandheim starteten. Der bequeme Reisebus brachte uns, wie vereinbart, bis zu einem Marmorsteinbruch, und von dort aus führte unser sich steil bergan schlängelnde Fußweg, den wir mit nur einer Rast (bis zur Schutzhütte) in knapp drei Stunden zügigen Voranschreitens schafften, wobei bemerkt werden sollte, dass unser Gepäck, unsere Rucksäcke, von Packeseln getragen wurden, die beim Steinbruch auf uns gewartet und uns vom schweren Ballast befreit hatten, so dass wir leichten Fußes wandern konnten.

Bis zu diesem Zeitpunkt verlief alles ohne Hindernisse, ohne Zwischenfälle so reibungslos, dass man hätte meinen können, es liefe eine gut geölte und gewartete Maschine, die fehlerlos arbeite. Eben diese Reibungslosigkeit, diese Problemlosigkeit gibt einem zu denken, denn es gibt keinen Weg, auch im übertragenen Sinne, der perfekt ist. Unebenheiten, manchmal sogar Schlaglöcher, sind immer da und wenn eine Sache so glatt und problemlos anläuft, muss man befürchten, dass doch immer noch irgendwelche unerwünschte Störungen auftreten. Umgekehrt ist besser gefahren, denn Schwierigkeiten zu Beginn können im Verlauf leichter überwunden werden.

Noch war der Tag im wahrsten Sinne des Wortes ungetrübt. Wir erreichten in bester Laune und Verfassung die Bergschutzhütte, stellten unsere Rucksäcke, die den Eseln abgenommen wurden, an die Hauswand neben die Eingangstür, und ich trat allein ein und ließ meine Schüler vor der Haustür zurück. Ich suchte den Hüttenwart, Herrn Breitner, den ich gut kannte, hat er doch drei Söhne, von denen zwei meine Schüler waren. Mir fiel auf, dass in der Hütte, unter dem Personal der Schutzhütte, geschäftiges Treiben herrschte, das heißt, dass überall eine gewisse Nervosität zu spüren war, deren Ursache ich nicht kannte.

Das Küchenmädchen hinter dem Ausschank sagte mir, dass der Hüttenwart nicht anwesend sei, dafür aber Frau Breitner, die dann auch eiligen Schrittes durch den Speisesaal auf mich zu kam, mich kurz aber mit ernstem, fast besorgtem Gesicht begrüßte, zwar freundlich aber verhalten und mir sagte, ich solle vor der Dienststube auf sie warten, sie komme gleich nach und sie müsse unbedingt „unter vier Augen", wie sie sich ausdrückte, mit mir „ein ernstes Wort sprechen", und schon war sie auf und davon. Sie hatte es eben eilig, und ich fragte mich, was diese Frau mit mir unbedingt besprechen wolle, wo doch alles mit den Breitners im Vorfeld schon abgesprochen war. Ich stellte mir vor, dass es sich um eine unbesonnene Handlung eines Schülers handle, oder um etwas, was sich auf meine Schüler beziehe, die vielleicht schon gleich bei der Ankunft Ärger machten und die irgendwie durch ernste Lehrerworte zurechtgewiesen werden sollten. Als mir dieser letztere Gedanke kam, wurde ich zornig und trat vor die Hüttentür, trommelte alle meine Schüler zusammen, die sich die Zeit mit Laufspielen auf dem freien Platz des Hüttenplateaus vertrieben und äußerte meinen Unmut darüber, dass sie, meine Schüler wieder etwas angestellt hätten, was auf Ablehnung und Verurteilung bei der Hüttenwartfamilie gestoßen sei und ihnen nun eine Rüge meinerseits einbringe. Sie sahen mich erstaunt und unschuldig an, und ich merkte, dass meine Anschuldigung ihnen gegenüber nicht gerechtfertigt war. Der eine meinte: „Ich hab einen Esel am Schwanz erwischt, der dann störrisch wurde. Ist das ein Verbrechen?", fragte er vorwurfsvoll. Da musste ich lachen. Es tat mir Leid, dass ich meine Schüler im Verdacht hatte, dass sie etwas „Böses" angestellt hätten, worüber sich Frau Breitner bei mir beschweren sollte.

Frau Breitner und ich standen uns in ihrer Dienststube gegenüber, ohne uns auf die bereitstehenden Stühle zu setzen. Sie wirkte nervös und zerfahren. Ich blickte in ein sorgenvolles Gesicht, das nichts Gutes verhieß. Vor allem hatte ich überhaupt keine Ahnung, was sie mir zu sagen hatte und was hier in dieser Schutzhütte, wo alle in heller Aufregung waren, gespielt wurde. Sie kam auch gleich zur Sache:

„Herr Deger, sie müssen noch heute, am besten sogleich mit Ihren Schülern unsere Schutzhütte verlassen, denn hier gibt es zur Zeit für Sie und - sie betonte - für Ihre Schüler keine Bleibe, denn wir können nicht für Ihre Sicherheit bürgen. Wissen Sie, vor zwei Tagen sind fünf Häftlinge aus einer Haftanstalt, sprich „Gefängnis", ausgebrochen und sind hier in die nahe gelegenen Berge geflohen. Sie halten sich hier in der Umgebung auf und haben letzte Nacht die vier Wegstunden von hier entfernte Berghütte überfallen, diese ausgeraubt, auch Waffen gestohlen und sind heute Vormittag von Touristen im S-Tal gesichtet worden. Die Annahme liegt nahe, dass sie auch unsere Schutzhütte überfallen könnten. Und dieser Gefahr dürfen wir Sie und Ihre Schüler nicht aussetzen. Wie gesagt, wir können Ihnen während des jetzigen Aufenthalts unter den gegebenen Umständen keine Sicherheit garantieren. Deshalb bitten wir Sie, uns nicht auch noch zur Last zu fallen, es wäre von uns und auch von Ihnen Ihren Schülern gegenüber unverantwortlich. Alle anderen Touristen haben wir auch um Verständnis gebeten und ihnen nahe gelegt, die Hütte auf dem raschesten Weg und zwar in Richtung talwärts zu verlassen."

Es sprudelte nur so von ihren Lippen, wie ein reißender Gebirgsbach, und sie schien mich mit Worten zu überfluten, ohne mir Gelegenheit zu geben, ihr etwas zu entgegnen. Auch stand ich wie gelähmt da und konnte das Gehörte nicht so rasch verarbeiten. Es war so, als hätte mich ein Basketball voll ins Gesicht getroffen; ich befand mich in einem benommenen Zustand, der mir für Augenblicke meine Reaktionsfähigkeit raubte. Sie hielt aber dann auch plötzlich in ihrem Redeschwall inne, sah mich irgendwie bedauernswert an und fügte hinzu: „Glauben Sie mir, es ist ernst, und sollten Sie es sich anders überlegen - zum Verlassen der Hütte kann ich Sie nicht zwingen - setzen Sie sich einer großen Gefahr aus, und wir können die Verantwortung für Sie und Ihre Schüler einfach nicht tragen." Aber dann war ich wieder voll da, ich lebte auf. Ich begriff zwar, worum es ging, antwortete aber: „Moment mal, ganz langsam und nüchtern überlegt, wir sind jetzt nach einem anstrengenden dreistündigen Fußmarsch müde angekommen, wir können aus physischen Gründen nicht gleich zu einem Abstieg aufbrechen. Das halten meine Schüler nicht aus; ich selbst hätte Zweifel bei solch einem Gewaltmarsch. Außerdem habe ich vom Steinbruch bis nach Hause keinen Bus zur Verfügung, der kommt uns erst in fünf Tagen wieder abholen, und der Weg zum Bahnhof der nächsten Ortschaft macht auch noch eine Stunde Fußwanderung aus. Das kann ich meinen Schülern nicht zumuten, die würden auf dem Weg zusammenbrechen. Wie gesagt, das geht nicht, das geht auf gar keinen Fall. Ich bin, ob ich das will oder nicht, zum Bleiben verurteilt, vielleicht auch nur bis morgen, dann kann ich einen Bus für die Rückfahrt anfordern." „Ja", schaltete sich Frau Breitner dazwischen, „das mit der Busbestellung per Telefon können Sie einfach vergessen, seit Tagen schon sind wir von der Außenwelt abgeschnitten, die Telefonleitung ist tot. Mein Mann ist zu Fuß hinunter gegangen, um Verstärkung anzufordern, um die Hütte im Notfall gegen einen Angriff zu verteidigen, denn aller Voraussicht nach sind wir die nächste Schutzhütte, die diese entflohenen Kriminellen angreifen und plündern wollen." Ich war sprachlos. Alles, was ich zu meiner Entschuldigung sagen wollte, was ich überhaupt zur Aussprache und zu meiner Rechtfertigung bringen wollte, war sinnlos. Ich war unfähig, einen gültigen Entschluss zu fassen, der eine akzeptable Lösung für diese so heikle gegenwärtige Lage gewesen wäre, in die ich mit meinen Schülern hineingeschlittert bin. Es war zum Heulen; es war eine ausweglose Situation, die mich überforderte. Und trotzdem - es half mir nichts - musste ich eine Entscheidung treffen oder war diese schon für mich getroffen worden? Und ich hatte keine Bedenkzeit, das heißt, es blieb mir keine Zeit, um eine genau geprüfte Entscheidung zu treffen. Genauso gut hätte ich mir auch eine Münze nehmen können und diese in die Luft werfen, um dieses vom Zufall entscheiden zu lassen, Zahl oder Wappen. Doch dazu war die Lage zu ernst. Ich versuchte in Windeseile, auf der Stelle eine kleine Erörterung durchzuführen mit Argumenten für das Hierbleiben und Argumenten für den Abstieg, für das unwiderrufliche Zurück nach Hause, pro und contra.

Für das Zurück sprach der Ernst dieser Situation, die Gefahr, die Bedrohung, eine Chance dem bevorstehenden Geschehen zu entgehen, gar nicht in die Höhle des Löwen einzutreten, den geflohenen Häftlingen aus dem Wege zu gehen. Für das Bleiben sprach die Müdigkeit, die es nicht mehr zuließ, weitere Strapazen für einen Abstieg auf uns zu nehmen; auch wäre bei einem Rückzug das ganze Schullandheim ins Wasser gefallen, es wäre so, wie gar nicht da gewesen zu sein, so als hätten wir umsonst alle Mühen und Anstrengungen auf uns genommen, um ein Schullandheim zu erleben. Bleiben hieß auch: „nicht aufgeben und weitermachen." Bleiben war eine Herausforderung, zwar eine riskante, aber eine mutige. Und meine Antwort kam so laut und überzeugend, als stünde ich vor dem Richter, es klang so laut, dass ich selbst darüber erschrak. „Wir bleiben!" und vielleicht wälzte ich meine Verantwortung durch den Gebrauch des Personalpronomens „wir" von meinen eigenen

Schultern auch auf die der Schüler ab, was ja leider nur einen symbolischen Charakter hatte. In Wirklichkeit trug ich allein die Verantwortung für die Schüler meiner Klasse. Aber das „Wir" hörte sich besser an und stand für Solidarität und Gemeinsamkeit, so als seien wir Lehrer und Schüler ein Ganzes, aus dem sich auch in schwierigen Situationen kein Teil herausbrechen lässt und vor allem ein Ganzes ist, das nicht in seine Bestandteile zerfällt. Die Hüttenwartfrau sah mich verständnislos an, so als ob sie sagen wolle, dass diese Entscheidung leichtfertig getroffen worden sei und vielleicht die Bedenken ignorierend, aber sie zuckte die Achseln und meinte: „Ist das Ihr endgültiger Entschluss, ist das Ihr letztes Wort? Wollen Sie sich das nicht doch noch überlegen?" Ich schüttelte den Kopf und wiederholte mit Bestimmtheit meine Entscheidung, lediglich das Personalpronomen tauschte ich aus und sagte: „Ich bleibe!" „Na gut, Sie haben so entschieden, aber um etwas muss ich Sie dann doch bitten: Sagen Sie Ihren Schülern auf keinen Fall von der Gefahr, die uns bedroht und nichts von dem Ausbruch der Häftlinge aus der Strafanstalt, kein Wort darüber, bitte, sonst bricht Chaos aus und die Schüler sind überhaupt nicht mehr zu bändigen. Sie dürfen die Schüler nicht beunruhigen und müssen so tun, als sei alles in Ordnung und das Schullandheim ginge planmäßig weiter. Sie müssen die Schüler auch weiterhin fest im Griff haben, Sie dürfen überhaupt keine Schwäche zeigen und nichts durchgehen lassen, und vor allem sollen Sie die Flucht dieser Häftlinge als Geheimnis bewahren. Und es wäre wünschenswert, wenn Sie sich mit Ihren Schülern nur in der nächsten Umgebung der Hütte aufhielten, denn nur die Hütte kann Ihnen noch einigermaßen Schutz bieten. Im gegenteiligen Falle können wir für nichts mehr garantieren." So, also hatte ich jetzt schon (von Seiten einer Fremden) meine erste Lektion in puncto Verhaltensmaßregeln bekommen. Inwieweit ich diese berücksichtigen werde, ist allein meine Angelegenheit. Allerdings vom Argument des Schweigens über diese bedrohliche Lage, in der wir uns zur Zeit befanden, werde ich bestimmt Gebrauch machen, denn andernfalls hätte ich mit meinen Schülern nichts mehr beginnen können. Es wäre bestimmt zu einer Spaltung des Lagers gekommen mit mehreren Anführern. Nur durch klare, eindeutige Regeln kann eine Gemeinschaft durch ihren Anführer zusammengehalten werden. Aber dieser Vorfall der ausgebrochenen Gefangenen wäre Sprengstoff für unsere Klassengemeinschaft gewesen, der eine vernichtende Explosion ausgelöst hätte. Schon der Gedanke, mich von diesem Plateau, auf dem die Schutzhütte stand, nicht fortbewegen zu können, gezwungenermaßen selbst auf diesem Areal „gefangen" zu sein, nicht über „den Stacheldraht" hinaus zu kommen, verursachte mir Übelkeit. Warum bitte sollte sich jetzt das Blatt gewendet haben? Waren wir nun die Gefangenen und die Gefangenen waren frei? Eine Umkehr der Werte hatte stattgefunden. Aber es muss doch erneut eine Umkehr erfolgen, ein Zurückführen zur Normalität. Auf alle Fälle hatte ich mir durch mein starrsinniges und mutiges Bleiben eine Suppe eingebrockt, die ich und nur ich selbst auslöffeln musste.

Irgendwie machte Frau Breitner ein trauriges Gesicht, so als wolle sie sagen: „Nichts zu machen, diesen Leuten ist nicht zu helfen, er nimmt lieber die Herausforderung an und lässt sich nicht eines Besseren belehren." Im Wortlaut aber sagte sie: „Na ja, wem nicht zu raten ist, dem ist auch nicht zu helfen. Hoffentlich geht alles glimpflich ab, und Sie haben nichts zu bereuen. Ich will Ihnen ja auch nicht Angst machen, aber vernünftiger wäre es schon gewesen, wenn Sie einfach wieder nach Hause marschiert wären. So eben haben Sie sich fürs Bleiben entschlossen, auf Ihre eigene Verantwortung, und Sie müssen eben im Falle des Falles die Konsequenzen tragen."

Nun stand ich da, draußen vor der Tür, die sie hinter sich - es schien mir - mit Wucht zuzog und das Dienstzimmer abschloss. Das Gespräch war beendet, nicht aber das Schullandheim, das stand nämlich auch vor der Tür, es war alles offen, sperrangelweit offen, nur dass dieses Schullandheim wahrscheinlich unter keinem guten Stern stand.

Frau Breitner händigte mir die Schlüssel für die beiden Schlafräume aus. Die beiden Zimmer lagen im zweiten Obergeschoss, in jedem waren sieben Stockbetten, das heißt in jedem Raum waren 14 Schlafstellen, die alle fein säuberlich mit rein duftendem Bettzeug versehen waren. Das besagte, dass die Hüttenwartfrau schon damit gerechnet hatte, dass wir auf ihre Aufforderung hin nicht gleich das Feld räumen werden. Irgendwie beruhigte mich dieser Gedanke, dass die Möglichkeit unseres Bleibens von vornherein nicht ausgeschlossen wurde. Die beiden Zimmer (das Mädchenzimmer und das Jungenzimmer) befanden sich in einer Entfernung von etwa 13 m und waren noch durch zwei andere Räume voneinander getrennt. Alle diese Zimmer, die mit der Aussicht zu den Bergspitzen ausgerichtet waren, hatten im zweiten Obergeschoss einen breiten Balkon, der die einzelnen Zimmer an der Vorderfront miteinander verband. Jedes Zimmer hatte nach vorne hin eine zweite Türe, die auf diesen gemeinsamen Balkon führte, so dass wir uns alle am Abend, nach dem Abendessen zu gemeinsamen Spielen einfinden konnten. Dieses war eine großartige Möglichkeit, in der frischen Luft zu sitzen und gemeinsam etwas zu besprechen oder zu spielen.

Zapfenstreich war für 22 Uhr angesetzt, aber diese Zeit auch einzuhalten, sollte mir an diesen vier Abenden nicht gelingen, weil sich dann, vor dem Schlafen-Gehen, die Ausgelassenheit steigerte und die Schüler immer noch eine kurze Verlängerung des Aufbleibens forderten, dem ich dann auch stattgegeben hatte. Auch überlegte ich mir, dass ich diesmal mit dem Zu-Bett-Gehen nicht so streng und so kategorisch sein sollte, weil ich ja wusste, dass ihre Lage, was die Freiheit im Schullandheim anbelangte, so aussichtslos war und sie sich nun alle Tage über auf einer kleinen Fläche vor und in der Schutzhütte aufhalten mussten. Vor allem wusste ich noch nicht, wie ich meinen Schülern beibringen sollte, dass wir auf unsere drei Tagesausflüge in die nächste Umgebung der Berggipfel verzichten müssten. Irgendwie musste ich auch dafür eine plausible Erklärung finden.

Wir standen in der Abenddämmerung auf dem breiten Holzbalkon und sahen uns das Naturschauspiel der untergehenden Sonne an, (ein Schauspiel, das sich Tag für Tag wiederholt und bei dem man nicht müde wird, sich daran satt zu sehen). Die Berggipfel wurden vom Abendlicht umspielt und schienen von der Dunkelheit verschluckt zu werden. Ich stand da und stützte mich mit verschränkten Armen auf das Balkongeländer und blickte sorgenvoll in die Abendlandschaft. Dabei hatte ich gar nicht gemerkt, dass sich der kleine Egon an meine Seite geschlichen hatte. Die Schüler waren jetzt mit ihren Taschenlampen beschäftigt, indem sie irgendwelche unverständliche Zeichen gaben und mit den Leuchtkörpern wild hin und her fuchtelten. Niemand achtete auf uns beide, auf mich und den kleinen Egon, der neben mir stand und wahrscheinlich das Gespräch mit mir suchte. Er sprach ganz leise, so als ob er nicht wolle, dass die anderen mithören, so wie wenn er mir ein einmaliges Geheimnis anvertrauen wolle. Er zeigte mit dem ausgestreckten Zeigefinger und sagte: „Sehen Sie in die Richtung des Tales unter der höchsten Bergspitze." Ja, ich erkannte das S-Tal, wohin wir laut Programm auch einen Tagesausflug vorgesehen hatten. Ich erklärte dem kleinen Egon, dass ich schon öfter durch dieses Tal gewandert und zum Berggipfel aufgestiegen bin. Er hörte nicht zu; er war nur daran interessiert, mir seine eigenen Gedanken mitzuteilen. „Sehen Sie, aber sehen Sie genau hin, dann können Sie einen hellen Punkt in der Anhöhe des Tales ausmachen." Ich strengte mich wirklich an, um diesen leuchtenden Punkt zu finden, konnte diesen jedoch beim besten Willen nicht sehen. Dieser Punkt sei, wie Egon sagte, wie ein funkelnder Stern, der aber nicht am Nachthimmel steht und deshalb ja auch kein Stern sei. Wir hatten leider keinen Feldstecher dabei, der uns diesen Lichtschein sicher näher gebracht hätte. Aber ich versuchte, ihn dennoch zu finden und richtig, es war ein leuchtender Stecknadelkopf, den man mit bloßem Auge nur bei gutem Hinschauen ausfindig machen konnte und nur dann, wenn jemand einen darauf aufmerksam machte. Ich sagte zu Egon: „Donnerwetter, du hast ja tatsächlich eine gute Beobachtungsgabe und einen scharfen Blick, um so einen kleinen hellen Punkt in der nächtlichen Landschaft auszumachen." Er verzichtete auf eine Entgegnung, setzte aber in seiner eigenen Gedankenfolge fort: „Dort sitzen Menschen um ein Feuer herum. Es sind keine Touristen, auch keine Hirten und keine Bergsteiger." Damit hatte er sein Gespräch mit mir beendet und wandte sich von mir ab. Ich wollte ihn noch fragen: „Was für Menschen sind es denn?" Ich hätte gerne gewusst, was der kleine Egon noch über die Identität dieser Menschen hätte sagen können, aber er war schon verschwunden. Aber so war es auch sonst, sagte er etwas, so waren es immer hingestreute Bemerkungen, aus denen man nicht recht klug wurde.

Und als alle zu Bett gegangen waren, stand ich schon wieder an dem Holzgeländer des Balkons und blickte in die Dunkelheit, in der ich diesen hellen Punkt nur hin und wieder ausmachen konnte.

Ja, jetzt glaubte ich schon, dass ich mir meine Nachtruhe nach diesem turbulenten Tag tatsächlich verdient habe. Ich legte mich auf meinen Schlafplatz, das obere Stockbett, links neben der Tür. Ich muss sehr rasch in einen tiefen Schlaf gefallen sein mit einem wirren Traum. Am Morgen jedenfalls war er wie mit einem Schwamm weggewischt. Aber an die Unterbrechung meiner Nachtruhe konnte ich mich sehr wohl erinnern. Plötzlich, mitten in der Nacht, fasste mich jemand am rechten Arm und sprach im Flüsterton meinen Namen. Ich fuhr aus wirren Träumen hoch, und nachdem ich meine Taschenlampe unter dem Kissen hervorgeholt hatte und die Person, die mich am Ärmel gezupft hatte, anstrahlte, erkannte ich den kleinen Egon: „Was ist los, schläfst du noch nicht?", fragte ich schroff. Egon antwortete mir nicht. Er wiederholte nochmals meinen Namen und sprach im Flüsterton: „Draußen stehen Männer mit Gewehren." Und dann verstummte er. Ich blickte im Lichtkegel in ein ängstliches Gesicht. Ich beruhigte ihn, sagte, dass er bestimmt schlecht geträumt habe und schickte ihn wieder ins Bett, obwohl er sehr ungern seinen Rückzug antrat mit hängendem Kopf. Er hatte von mir eine andere Antwort erwartet, aber ich konnte ihm beim besten Willen keine bessere Antwort geben. Längere Zeit danach lag ich noch wach in meinem Bett und wälzte mich hin und her; ich konnte einfach nicht einschlafen, weil mich irgendwie dieser eine Satz, den Egon ausgesprochen hatte, berührte. Ich konnte mir einfach nicht vorstellen, dass sich draußen bewaffnete Männer aufhielten; es konnte nur ein böser Traum sein, den

Egon als solchen verkannt hatte und den Eindruck hatte, es spiele sich in Wirklichkeit ab. Alles war sehr ungenau und verworren. Überhaupt hatte ich plötzlich den Eindruck, mich in einem Zustand zwischen Traum und Wirklichkeit zu befinden, zwischen (wachen und träumen,) Realität und Vorstellungswelt.

Der zweite Tag

Der Morgen brach an wie eine Erlösung. Mein Schlafanzug klebte an mir; ich war schweißnass, weil es im Schlafraum trotz nächtlicher Abkühlung in den Bergen sehr warm war; das Zimmer war überheizt. Und obwohl es diese seltsame Nachtunterbrechung gegeben hatte, die mir einen Teil meiner Nachtruhe geraubt hatte, war ich einigermaßen wieder fit und auch ohne belebende Mittel hellwach. Plötzlich kam mir schon jetzt wieder diese angespannte besorgniserregende Lage ins Bewusstsein: Fünf Häftlinge brechen aus einer Strafanstalt aus, flüchten in die nahe gelegenen Berge, überfallen eine Schutzhütte, halten sich womöglich hier in der Nähe auf, und wir, das heißt unsere Schutzhütte ist das nächste Beuteziel dieser Sträflinge. Und wir sitzen alle im Kreis und warten auf „unsere Spielkameraden." Sie bedrohen uns; sie bedeuten für uns eine Gefahr, auch wenn diese Strafgefangenen nicht gegenwärtig sind, aber in meiner Vorstellungswelt geistern diese als die Bösen und als die Gewalttätigen durch die Landschaft, es sind die kaltblütigen Angreifer, die vor nichts Halt machen oder zurückschrecken und vielleicht sogar Kinder in ihre Gewalt nehmen. Meine Fantasie ging mit mir durch. Doch diese verteufelten Vorstellungen hatten Gewalt über mich, zerrten an meinen Nerven und zermürbten mich. Was dann, wenn, und dann sah ich im Geiste schreckliche Bilder vor mir. Jetzt war ich genau an dem Punkt angelangt, wo ich mir sagte: „Du hast doch nicht richtig gehandelt, indem du hier geblieben bist, nein, du hättest Frau Breitners Rat befolgen sollen und wenn auch als Niederlage verbucht, den Rückzug antreten sollen, wie ein geschlagener Feldherr, der aber das Leben seiner Getreuen retten will und nicht leichtfertig handelt, zwar gedemütigt kehrt er zurück, aber frei und am Leben.

Frühstück aßen wir aus dem Rucksack. Nur eine Tasse heißen Tees bekamen wir und den mit Nachschlag, von dem auch ich Gebrauch machte.

Frau Breitner kam zu meinem Tisch und wartete, bis auch die letzten beiden Schüler vom Tisch aufgestanden und aus dem Speisesaal verschwunden waren: „Jetzt haben wir auch von der Bergwacht Schutz bekommen, denn mein Mann hatte diese zu Hilfe gerufen. Sie sind gestern spät abends gekommen und wollen so lange bleiben, bis diese Häftlinge wieder gefasst sind. Sie haben Gewehre und Munition mitgebracht, obwohl wir auch einen Waffen-schrank haben, und sie haben in der Nacht Wachposten rund um die Hütte postiert."

Das waren also „die Männer mit Gewehren", die der kleine Egon aufgeregt erwähnte, mir dieses mitgeteilt hatte, um mich zu warnen, ja wie gut, dass es die Bergwacht war und nicht die bewaffneten Sträflinge, die inzwischen durch den Überfall auf die benachbarte Schutzhütte auch Gewehre hatten, nein, es waren die „Guten" und nicht die „Bösen." Auf alle Fälle war es kein Traum, da hatte ich mich getäuscht, es war ernste Wirklichkeit, und da fragte ich mich erst recht, woher Egon von diesen Männern mit Gewehren gewusst haben konnte, wo er sie bei zugezogenen Rollläden gar nicht in der Dunkelheit der Nacht sehen konnte. Auch dieses schon blieb ein Rätsel.

„Diese fünf entflohenen Häftlinge befinden sich zur Zeit im S-Tal. Wanderer haben sie dort gesichtet", erzählte Frau Breitner. „Irgendwie fühlen sich diese Männer dort sicher, die Umgebung, die Natur bietet ihnen Schutz." Und ich musste an den hellen Punkt von gestern Abend denken, den Egon wie eine Stecknadel im Heuhaufen ausfindig gemacht hatte, ein Lichtschein eines Lagerfeuers in weiter Entfernung, an dem möglicherweise fünf Schwer-verbrecher ihr erbeutetes Fleisch grillten und den gestohlenen Schnaps tranken. Gibt es überhaupt friedliche Verbrecher? Gibt es friedliebende Kriminelle? Nein, das enthält schon in sich einen Widerspruch. Es ist ein Oxymoron. Aber es gibt Menschen, die unverschuldet ins Gefängnis gebracht wurden, die Opfer eines Justizirrtums sind und nun ihre Strafe, die sie ja nicht verdient haben, in einer düsteren und feuchten Gefängniszelle absitzen müssen. Und wer weiß schon, was wirklich mit diesen fünf Häftlingen los ist. Vielleicht sind es auch Väter von Kindern, und sie würden deshalb Kindern nie etwas zu Leide tun. Wenn sie sich aber tatsächlich strafbar gemacht haben, dann ist es schlecht bestellt um diese Personen. In solch einer Person haben menschliche Gefühle wohl kaum Platz. Dort in seinem Inneren gibt es überhaupt nichts mehr, was ans Menschsein erinnert. Als was sollte man beispielsweise einen Mörder ansehen? Als einen, der sich durch seine kriminelle Tat selbst von der Gemeinschaft ausgeschlossen hat. Alles in allem hat er sein eigenes Leben verspielt. Durchs Töten ist er unfrei geworden, er hat seine persönliche Freiheit verloren. Er ist in den eigenen Schlingen gefangen. Was für eine böse Krankheit hat sich da im Hirn des Mörders eingenistet, eine Krankheit, die einen von den Menschen entfernt und einen in die Isolation treibt, in die Kälte der Einsamkeit.

Wir hatten gefrühstückt. Alle hatten sich von ihren Plätzen erhoben und von den Tischen entfernt. Die Schüler drängten hinaus, hinaus ins Freie. Was wollten sie eigentlich? Abwechslung? Etwas erleben? Eine Freizeit mit Höhepunkten? Das Gefühl der Freiheit auskosten? Niemand wusste es so genau, aber eines wussten alle, es sollte nicht das eintönige in-der-Schulbank-Sitzen sein. Etwas anderes, aber bloß keine Schule.

Alle erwarteten jetzt, spätestens jetzt, dass ich ihnen das Tagesprogramm ankündige. Aber nein, ich war viel zu feige, dieses zu tun; ich drückte mich vor einer Aufgabe, die eigentlich zu den Grundregeln eines Schullandheims gehörte. Und wir hatten ja ein mit Sorgfalt und Überlegung zusammengestelltes Programm, das drei Tagesausflüge als Höhepunkte dieses Schullandheims vorsah. Nun war unser Programm durch diesen Ausnahmezustand, durch die Bedrohung von Seiten der entflohenen Häftlinge zerschlagen worden, denn sich von der Hütte zu entfernen, hieße doch sich unnötig in Gefahr zu begeben. Aber ich durfte den Schülern nichts sagen, bitte, wegen dieser Gefahr, die von fünf ausgebüxten Sträflingen ausgehe, können wir keine Tagesausflüge machen. Ich musste eine Notlüge erfinden. Ich musste meinen Schülern eine glaubhafte Erklärung liefern, die einen Verzicht auf diese Ausflüge rechtfertigte. Und es kam mir auch eine rettende Idee. Ich trat vor die Hütte und trommelte alle meine Schüler, die auf dem Plateau herumtobten, zusammen und versuchte überzeugend zu wirken: „Es tut mir Leid, dass ich den heutigen Tagesausflug absagen muss, aber es liegen triftige Gründe vor. An den Steilwänden einiger Berggipfel werden große Gesteinssprengungen vorgenommen, so dass der Zugang zu den Tälern aus Sicherheitsgründen wegen Steinschlags gesperrt ist, was so viel bedeutet, dass zur Zeit diese Wanderwege in der Umgebung für Touristen nicht freigegeben sind."

Ich erwartete eine Welle der Enttäuschung, aber sie blieb aus; die Schüler nahmen die Absage des Tagesausflugs gelassen auf, fast indolent. Sie fragten nur noch, ob sie auf dem Plateau vor der Hütte ihre Spiele weiter fortsetzen dürften. Ich bejahte, und mein schlechtes Gewissen brachte mich dazu, mit ihnen immer neue Spiele zu organisieren. Und ich glaube, dass ich in meinem ganzen Leben noch nie so intensiv Spiele geleitet habe, nur um keine Langeweile bei meinen Schülern aufkommen zu lassen.

Und wieder ging ein Tag, ein langer Tag, ohne Zwischenfälle zu Ende. Wir hatten eben unsere warme Mahlzeit am Abend (warmes Abendessen und nicht warmes Mittagessen) im Speisesaal eingenommen. Die Sonne schickte ihre letzten Strahlen durch die großen Fensterscheiben und beleuchtete einzelne Personen, die sich wie im Scheinwerferlicht auf der

Bühne bewegten und dabei eine Szene des friedlichen Miteinanders darstellten.

Irgendwie hatte mich wieder eine unerklärliche Unruhe befallen. Ich blieb bei Tisch sitzen, während sich die Schüler mit lautem Gepolter von ihren Sitzen erhoben und sich in Grüppchen zum Abend-Unterhaltungsprogramm auf den Balkon begaben. Ich saß einfach unbewegt da und stierte vor mich hin. Was für eine heikle Lage. Ich konnte diesem Schullandheim keine Freude abgewinnen. Für mich war es ein schwerer Stein, der zentnerschwer auf mir lastete und den ich einfach nicht von mir abwälzen konnte. Ich hatte keine Kraft dazu. Und die Zeit schien zu schleichen. Ich schaute häufiger als sonst auf meine Armbanduhr und merkte, wie wenig Zeit seit meinem letzten Auf-die-Uhr-Schauen vergangen war. Nein, die Zeit verstrich nicht, es gab keine Bewegung, der Ablauf der Zeit war irgendwie gebremst. Zwar waren meine Schüler in Bewegung, aber es spielte sich ja alles nur in den vier Wänden ab, oder vor der Haustür, auf der Türschwelle. Ich empfand das so, dass wir, meine Schüler und ich, die Gefangenen waren, die aus „unserer Anstalt", aus der Schutzhütte nicht ausbrechen durften.

Ich versuchte eben meine Gedanken zu ordnen, als ein Trupp Soldaten, bis zu den Zähnen bewaffnet, mit lautem Gejohle und Gepolter den Speise-saal betrat, so als wolle jeder der Erste bei Tisch sein, um seine Bestellung für Essen und Trinken aufzugeben. Sie schoben zwei lange Tische zusammen, setzten sich dann erst recht in Abständen voneinander, und jeder brauchte mit seinem Tornister und Gewehr Platz für zwei. Sie sahen müde und verschwitzt aus. Man sah es ihnen an, dass sie den ganzen Tag im Gelände herumgelaufen waren. Durch ein Gespräch mit einem dieser Soldaten erfuhr ich, dass sie ein Stoßtrupp seien, der die entflohenen Häftlinge wieder einfangen sollte, dass sie den ganzen Tag herumgeirrt seien, aber keine Spur von einem Sträfling gefunden hätten. Die Soldaten veranstalteten dann ein regelrechtes Saufgelage, das von der Lautstärke her bis zu unserem Balkon hinauf zu hören war, denn der Wein schmierte ihnen die Kehlen, und sie begannen nicht unbedingt schön, aber laut Soldatenlieder und Volksweisen zu singen, bei denen dann der Text fehlte und sie diesen mit la-la-la ersetzten.

Der kleine Egon hatte sich wieder an mich herangeschlichen und suchte das Gespräch mit mir. Man sah es ihm an, dass er etwas sagen wollte, dass ihn etwas bedrückte. Und dann kam ich ihm entgegen: „Na, Egon, spuck es aus!" Dann kam es auch gleich, obwohl es immer nur eine kurze Äußerung war, die zusammenhanglos dastand und bei der ich überlegen musste, was er eigentlich gemeint habe. Als er sich auch von den übrigen Schülern unbeobachtet fühlte, sagte er zu mir im Flüsterton:

„Diese da unten (gemeint waren die Soldaten) haben nichts gefunden." Ich fragte noch, was diese Soldaten doch hätten finden sollen, doch der kleine Egon sah mich nur vielwissend an; er lächelte und gab eine weitere Äußerung von sich: „Aber heute Nacht kommen sie." Ab diesem Zeitpunkt, ab dieser Aussage war meine Ruhe hin. Ich wusste nämlich nicht, wie ich die Worte Egons interpretieren sollte. Was heißt das, dass sie heute Nacht kommen, wen hat er da gemeint? Mir lief es eiskalt über den Rücken. Ich fragte mich ernsthaft, ob ich nicht doch zum Hüttenwart gehen und ihm reinen Wein einschenken solle, ihm sagen, dass einer meiner Schüler hellseherische Fähigkeiten habe, dass dieser Dinge voraussagen könne und dass er eben vor einer Gefahr inmitten der Nacht gewarnt habe. Doch ich ließ sofort den Gedanken fallen, weil der Hüttenwart mich wahrscheinlich für „geistig verwirrt" gehalten hätte. So unterließ ich diese private Warnung, die mich aber fast zu einem folgenschweren Entschluss veranlasste, denn ich wollte noch auf der Stelle den Rückmarsch mit gepacktem Rucksack anordnen. Dass ich es dann nicht getan habe, war die Folge weiterer Überlegungen. Sollten wirklich diese Häftlinge kommen und die Schutzhütte angreifen, dann wäre ja doch die Bergwacht als Garant für Sicherheit da, und wahrscheinlich wollten die Sträflinge nicht die Personen überfallen, sondern sie wollten die Hütte ausrauben, und da wären wir ihnen bestimmt nicht so wichtig.

Trotz aller Überlegungen blieb dieses Gefühl der Ungewissheit, das an mir nagte. Auch wusste ich ja gar nicht, ob sich Egons Worte bestätigen würden.

An Schlaf war in dieser Nacht nicht zu denken. Ich lag lange Zeit hellwach und marterte mich mit Bildern, die aus einer Kriegslandschaft stammten. Und dann muss ich irgendwann gegen Mitternacht doch eingeschlafen sein.

Plötzlich zerriss ein lauter Knall die Stille der Nacht. Irgendwo vor der Haustür war ein Schuss aus einem Gewehr abgefeuert worden. Auch ich schreckte auf und war hellwach. Und da ging auch schon unsere Zimmertür auf, jemand hatte den Lichtschalter betätigt und herein drängten die Mädchen, die auch aufgeschreckt durch den lauten Knall ihre Schlafstellen verlassen hatten und bei uns Zuflucht suchten. Vor Angst also sind sie geflüchtet und standen jetzt wie die begossenen Pudel vor uns und umringten mein Stockbett. Ich musste beruhigende Worte und anschließend ein Machtwort sprechen, um die Mädchen wieder zu bewegen, ihre Schlafstellen im Mädchenzimmer aufzusuchen.

Einer, der vor Schreck nicht gleich aus dem Bett gesprungen ist, war der kleine Egon. Er sah dieser ganzen Szene gelassen und gefasst zu. Er wusste ja, dass er mit seinen Worten „Aber heute Nacht kommen sie" seine Mitschüler, genau genommen die Mädchen meinte, die mein Bett umstellt hatten.

Der dritte Tag

Großer Gott, war das wieder ein Tag und vor allem eine Nacht gewesen, die sich mir auf den Magen geschlagen hatte. (Es war nicht auszudenken) Man kann sich nicht vorstellen, wie sehr mir diese angespannte Lage zusetzte. Ich wachte mit fürchterlichen Magenschmerzen am Morgen auf und mir war speiübel. Ich war nahe daran, meinen Schülern sofort die Wahrheit zu sagen, das bis jetzt gehütete Geheimnis preiszugeben, nur weil ich dachte, dass durch das Verschweigen der Wahrheit meine Magennerven rebellierten. Ich behielt dann doch alles für mich, weil die Schüler mich nach einem Geständnis mit Fragen gelöchert hätten, und dieser dummen Fragerei wollte ich entgehen. Deshalb und nur deshalb schwieg ich mich weiterhin aus.

Am meisten störte mich die Tatsache, dass ich die Schutzhütte nicht verlassen durfte, ohne mich der Gefahr von Seiten dieser Häftlinge auszusetzen. Ich sagte mir jedoch, dass ich mehr Mut zum Risiko zeigen müsse. Im Grunde genommen war ja bis zu diesem Zeitpunkt nichts Schlimmes passiert, und wir sind ja diesem Schreckgespenst der Häftlinge gar nicht begegnet. Also, vielleicht haben diese Leute, die Hüttenwartfrau, mächtig übertrieben, als diese vor einer „großen Gefahr", in der wir alle schweben, warnte. Vielleicht war eigentlich alles harmlos, und ich müsste mich gar nicht so sorgen und könnte ruhig auch mal einen kleinen Ausflug in die nähere Umgebung wagen, ohne gleich den entlaufenen Sträflingen zu begegnen. Schon diese Überlegung stärkte mich und ließ mich einfach entschlossener und mutiger auftreten.

Auf dem Weg zu meinem Schlafraum begegnete ich am Korridor dem Hüttenwart, Herrn Breitner. Ich reichte ihm die Hand und blickte in ein ängstliches Gesicht. Er sah übernächtigt aus; das musste daher rühren, dass er teilweise auch die Nachtwache zusammen mit den Mitgliedern der Bergwacht mitgetragen hatte. Er sagte mir, dass er es bedauere, dass wir in solch einen „Hexenkessel" hinein geschlittert seien und dass es, leider müsse er das noch mal betonen, für uns besser gewesen wäre, wenn wir sofort den Rückmarsch angetreten hätten. Es sei nun ungewiss, was für einen Ausgang diese ganze Geschichte nehme. Hoffentlich werden diese Banditen bald gefasst und man könne wieder in Ruhe und Frieden leben. Er fügte noch hinzu, dass er überhaupt das erste Mal in seinem Leben in ein solches Schlamassel hineingerutscht sei. Ich widersprach ihm nicht, doch versuchte ich ihm klar zu machen, dass es für mich schwierig sei, meine Schüler hier an der Hütte angekettet zu halten. Und weiter sagte ich, dass ich entschlossen sei, so wie im Programm des Schullandheims vorgesehen, einen Tagesausflug, vielleicht in Kurzform durchzuführen, damit die Schüler wenigsten etwas von dieser wunderbaren Bergwelt mitbekommen. Er schüttelte nur den Kopf und meinte: „Das ist Ihre Entscheidung, meine nicht. Sie setzen sich bewusst einer Gefahr aus, die vielleicht zu umgehen wäre. Aber tun Sie, was Sie für richtig halten, Sie sind ja nicht unser Gefangener und können tun und lassen, was Sie wollen." Ja, da wollte ich noch wissen, was das mit dem „Schreckschuss" heute Nacht gewesen sei, ob das etwas Ernstes war. Nein, er machte eine verächtliche Handbewegung und sagte, dass sich aus Versehen ein Schuss aus dem Gewehrlauf gelöst habe, der sich dann in der Stille der Nacht doppelt so laut angehört habe.

Jetzt war ich plötzlich zu allem entschlossen. Meine Überlegungen führten dahin, dass ich mir zu sehr alles zu Herzen nehme und dass ich ein Angsthase bin, der nicht den Mut aufbringt, etwas zu unternehmen, was auch den Schülern Freude macht. Ich blieb dabei, ich wollte das Risiko eingehen und den vorgesehenen Tagesausflug in das S-Tal machen. Dabei machte ich folgende Überlegungen: Sollten sich die Häftlinge tatsächlich in diesem Tal aufgehalten haben - was von Touristen bestätigt worden war - so würden sie wahrscheinlich diesen Lagerplatz verlassen und gegen einen anderen, in einer anderen Gegend, ausgetauscht haben. Im Falle, dass wir tatsächlich in die Hände dieser Sträflinge gerieten, würde ich mich ihnen als Geisel zur Verfügung stellen, nur um das Leben meiner Schützlinge zu retten. Aber aller Wahrscheinlichkeit nach würden sie es nicht auf Menschen abgesehen haben sondern auf Proviant, denn - so stellte ich es mir vor - sie mussten ja ihren weiteren Fluchtweg absichern, indem sie sich Essensvorräte aus Schutzhütten holten oder den Touristen abnahmen, die nichts Böses ahnend, von einer Hütte zur anderen ihre Kammwanderung machten. Daraus zog ich die Schlussfolgerung, dass wir uns viel Essen mitnehmen sollten, um dieses unter Umständen, die sich niemand herbeiwünschte, den ausgehungerten Häftlingen zu überlassen. Aber noch wahrscheinlicher war es, dass wir ihnen gar nicht begegneten.

Ich freute mich, dass ich endlich wieder zu meiner Eigenart zurückgefunden hatte, dass ich gesund und nüchtern überlegen konnte, dass ich wieder die ganze Sachlage im Griff hatte und nun versuchte, doch noch etwas von diesem kaputtgeschlagenen Schullandheim zu retten.

Ich berief auf dem Balkon eine Versammlung ein. Ich wollte eine kurze Lagebesprechung machen und grünes Licht geben für den heutigen Tagesmarsch, der auch genauso im Schullandheimprogramm eingeplant war. Ich richtete mich mit folgenden Worten an meine Schüler: „Programmgemäß machen wir heute den Tagesausflug in das S-Tal. Ich hoffe, dass wir dieses Ausflugsziel bei zügigem Voranschreiten in einer guten Wegstunde erreichen werden. Trotz allem müssen wir auch auf Unvorhergesehenes gefasst sein." Ich ließ mich hier nicht auf nähere Erklärungen ein „Und deshalb nehmen wir uns reichlich Essen mit, man kann ja nie wissen." Es klang sehr geheimnisvoll, aber ich konnte das mit dem Mitnehmen von Essensvorräten nicht richtig begründen. Und ja, noch eine Anordnung mit vorbeugendem Charakter traf ich. Diese Anordnung war bestimmt eine „göttliche Eingebung." Ich teilte die Schüler in zwei Gruppen ein, zwei Indianerstämme, in das Lager der Mohikaner und das der Apachen und ließ auch deren Häuptlinge wählen und kündigte an, dass wir dieses Indianerspiel, das wir auch sonst an unseren Wandertagen gespielt hatten, nach einem bestimmten zurückgelegten Wegstück starten werden. Die Schüler wussten Bescheid und konzentrierten sich auf den bevorstehenden Spielverlauf, vor allem aber auf das von mir erteilte Startsignal, das nicht akustisch sondern einfach visuell durch Handheben, „Hochheben eines grünen Fähnchens" gegeben werden sollte. Das Spiel sah vor, dass die Indianer leichten Fußes, möglichst ungesehen und unerkannt den Rückweg antreten, zielstrebig zum Ausgangspunkt eilen (in diesem Fall unsere Schutzhütte), um den angestammten Lagerplatz zu erreichen. Durch Vergeben von Punkten konnte der Sieger des Indianerspiels ermittelt werden. Und davon war ich überzeugt, dieses Spiel haben meine Schüler immer mit großer Begeisterung gespielt. Es war ein Spiel, bei dem richtiges Indianerverhalten gefragt war.

Oh, wie weitete sich meine Brust, als ich wieder so richtig ausschreiten konnte, als ich wieder diese reine Bergluft einatmen durfte. Und - so sah ich es - es tat allen gut. Das bekräftigte meine Entscheidung. Nichts gegen den Hüttenzauber, aber unter diesen Bedingungen des eingeschlossen Seins in der Schutzhütte hatte diese fast schon ihren Zauber verloren. Man merkte es, dass die Schüler guter Dinge waren und wieder lockerer wurden. Mir fiel auf, dass der kleine Egon wieder mal sehr schweigsam und in sich gekehrt war. Vor dem Abmarsch hatte er mir noch gesagt: „Ich brauche kein Essen, denn wir kommen ja gleich wieder zurück." Mehr aber war trotz meiner zusätzlichen Fragen nicht aus ihm herauszubekommen. Er war ernst und nachdenklich. Etwas schien ihn doch zu beschäftigen. Vielleicht auch sah er wieder ein Bild im Nebel, das verwischt und ungenau war und das er nicht zu deuten wusste. Er war der einzige Schüler, dem man es deutlich ansah, dass er an diesem Ausflug keine Freude hatte, aber auch keinen Funken Freude und dass er, wenn es nach ihm gegangen wäre, gut und gerne auf diesen Ausflug hätte verzichten können.

Ich hingegen hatte wieder Boden unter den Füßen. Nach drei Tagen war ich endlich wieder soweit, einen klaren Kopf zu haben, der es mir erlaubte, nüchtern über alles zu urteilen. Demnach erschien mir die gegenwärtige Lage als überhaupt nicht besorgniserregend. Alles im Zusammenhang mit dieser Fluchtgeschichte der Häftlinge spielte sich jetzt für mich nur peripher ab und sollte mich nicht weiter beunruhigen. Demzufolge schritt ich auch kräftiger und selbstbewusster aus; die Sorgen waren an diesem sonnigen Sommertag im Bergland einfach verflogen.

Eine der Regeln des Wanderns ist, dass die Gruppe geschlossen bleiben muss und nicht auseinander fallen darf, nicht so, dass sich dann kleinere Grüppchen bilden, zwischen denen eine Lücke weit auseinander klafft oder dass Einzelpersonen zurückbleiben, der Gruppe nachhinken und nicht mehr den Anschluss an das Hauptfeld finden. Darauf achtete ich immer genau, dass man als Gruppe zusammen bleibt und ein gleichmäßiges Tempo beim Wandern eingehalten wird. Und bitte, ja keine Hast und keine Eile, kein Vorlaufen und keine Einzelleistungen im Wettlauf. So sollte man wandern, dass einem die Schönheit der Natur nicht entgeht.

Inzwischen war es Mittag geworden. Ursprünglich sollten wir ja am Morgen los, aber der Entschluss zur Wanderung kam erst später, und das Packen der Rucksäcke hatte ja auch Zeit in An-spruch genommen. So kam es, dass sich alles zeitlich verschoben hatte. Nachdem ich dann den Abmarsch angeordnet hatte, waren alle mit dem Zusammenstellen ihres Rucksacks beschäftigt. Ich ging dann auch zu meiner Schlafstelle und ich packte meinen schwarzen Lederrucksack, den ich immer auf Tagesausflüge mitnehme, egal von welcher Dauer diese sind. Und als ich damit fertig war, ging ich so umher, um meinen Schülern beim Packen zuzusehen. Der eine packte gewissenhaft und wählerisch und der andere oberflächlich und sorglos, die Sachen einfach in den Rucksack werfend. Verstohlen sah ich auch zum kleinen Egon hinüber, der ja angeblich nichts mitnehmen wollte und dann doch zwei Orangen in seinen braunen Sportbeutel packte. Am Packen schon konnte man sehr gut die einzelnen Charaktere unterscheiden. Ich glaube, dass auch das Packen etwas mit innerer Einstellung und mit Selbstdisziplin zu tun hat.

Wir wanderten etwa eine Wegstunde in einem engen Gebirgstal bergan, in dem ein schmaler, aber reißender Gebirgsbach zu Tale floss. Rechts des Baches führte ein Forstweg, der sich fast in den gleichen Windungen des Baches bergauf schlängelte. Je weiter wir vorankamen, desto breiter wurde das Tal. Als wir schon eine gute Stunde gelaufen waren, machte dieses Tal einen weiten Linksbogen und mündete in das S-Tal, welches unser heutiges Ausflugsziel war.

Plötzlich hatte ich den Geruch von gegrillten Steaks in der Nase. War dieses eine Sinnestäuschung? Ich blieb wie angewurzelt stehen und hielt meine Nase in Richtung des Windes; ich schnupperte. Es war tatsächlich ein Mischgeruch aus Holzfeuer und gebratenem Speck. Unmöglich, dachte ich, es kann doch nicht sein, dass in dieser Wildnis in einem offenen Tal der Geruch eines Lagerfeuers wahrzunehmen ist, wo doch außer uns niemand in dieser Gegend sich aufhalte. Aber ich schaltete blitzschnell und lief in Windeseile noch einige Meter vor, um auch die Spitze unserer Wandergruppe einzuholen und gebot dann allen Schülern, sich niederzulassen, eine kleine Pause einzulegen. Ob ich verstört war oder gar hektisch oder intuitiv diese Anordnung traf, weiß ich nicht mehr. Ich glaube, dass ich damals tatsächlich einer Eingebung zufolge handelte. Alle Schüler nahmen ihr mitgebrachtes Jausenbrot hervor und ließen es sich gut schmecken. Ich hingegen stellte meinen schwarzen Rucksack an den Wegrand und versuchte dann herauszufinden, woher dieser Grillgeruch kam. Rechts stieg ich eine kleine Böschung hinauf und gelangte zu einer Absperrung von Zwergbäumen und Sträuchern, die eine Art Kamm bildeten, der zwei Täler voneinander trennte. Hinter diesen Büschen öffnete sich ein Seitental. Ich wollte eben diesen Kamm überschreiten, indem ich mir einen Weg durch die Sträucher bahnte, doch als ich die Zweige auseinander hielt und durch diese hindurch schaute, hatte ich ein einmaliges, klares Bild vor Augen. In einer Entfernung von etwa hundert Metern sah ich, wie fünf Personen um ein Lagerfeuer saßen, die sich mit lautem Getue einander zuprosteten, mit Flaschen anstießen und in ein lallendes Gelächter ausbrachen, das von ihrem reichlichen Alkoholgenuss herrührte. Ich stand wie versteinert da und bewegte mich nicht, schon mein eigener aufgeregter Atem erschreckte mich. Ich spürte, wie mir Angstschweiß auf die Stirn trat. Plötzlich war es mir, als verschwinde dieses Bild vor meinen Augen und ein schwarzer Filmstreifen zog vorbei. Doch da war das Bild wieder wie gestochen scharf, und ich hatte den Eindruck, dass ich nur die Hand ausstrecken musste, und schon hätte ich alle fünf Personen in meine Tasche stecken können. Das Bild wurde mal schärfer mal verschwommen wie bei einem Zoom-Objektiv, das durch irgendetwas gestört wird und sich auf das Bild im Sucher nicht richtig einstellen kann. Ich musste mich in den Arm kneifen, um mich von der Realität zu überzeugen, und ich musste mich so schnell wie möglich von diesem Bild losreißen und überhaupt, wir alle mussten jetzt sofort von der Bildfläche verschwinden. Es ging mir noch rasch durch den Kopf: Wenn man mich jetzt bei einem Verhör befragen sollte nach den Häftlingen, wie sie aussahen und ob ich diese identifizieren könne, so müsste ich verneinen, nein, ich hätte sie nicht einmal beschreiben können, aber eine Person ist mir als Bild geblieben, vielleicht deshalb, weil dieser Mann einen roten Schal umgebunden hatte. Ich weiß nicht, wie mich meine Füße noch trugen, da mir ja die Knie weich geworden waren und zitterten. Aber ich lief diese fünfzig Meter zu der Gruppe zurück und versuchte einen ruhigen Eindruck zu machen. Und ohne ein Wort zu sagen, vielleicht weil ich auch keines hätte herausbringen können, hob ich das grüne Fähnchen hoch zum Startzeichen des Indianerspiels. Und wie dankbar war ich meinen Schülern, dass keiner auch nur ein Wort äußerte oder eine Frage stellte. Alle hatten es verstanden: Das Indianerspiel hatte begonnen. Im Nu waren die Schüler zu beiden Seiten des Baches hinter Büschen und Bäumen verschwunden, kein Indianerskalp war mehr zu sehen, und ich versuchte nach Möglichkeit, ihnen rasch zu folgen, so rasch und überstürzt, dass ich sogar ohne meinen Rucksack los lief, denn den hatte ich einfach am Wegrand, wo er abgestellt war, zurückgelassen.

Ich sitze auf der Holzbank vor der Schutzhütte und ruhe mich aus, ruhe ich mich wirklich aus? Ich komme wie immer noch nicht zur lang ersehnten Ruhe. Eben ist auch der letzte Mohikaner von seiner Fährte in seinen Wigwam heimgekehrt. Natürlich musste ich alle meine Schäfchen zählen. Und ich musste froh sein, dass wir alle gesund und munter heimgekommen sind in unsere Schutzhütte. Ich bin noch einmal mit dem Schrecken davongekommen. Wir sind den Klauen dieser wilden Tiere entkommen und das, ohne dass meine Schüler auch nur gemerkt haben, dass etwas mit diesem Tagesausflug nicht in Ordnung war, dass dieser zu kurz war, dass dieses Zeichen zum Indianerspiel ganz unerwartet kam, was aber auch zur Spieltaktik hätte gehören können. Jedes Ding hat so seine zwei Seiten.

Noch eine Schattenseite hatte das Indianerspiel, das eigentlich mit Leidenschaft gespielt wurde, aber es liefen hinterher so viele Diskussionen über den Spielverlauf, dass es schwierig war, den Sieger tatsächlich zu ermitteln.

Meine Auffassung ist die: Du kannst nur etwas gewinnen, wenn du dabei auch Verluste hast. Wir haben unsere Freiheit gewonnen und dafür nur einen nichtssagenden Rucksack zurückgelassen, ein Verlust, der nicht in die Waagschale fällt.

Der vierte Tag

Ein Morgen löst immer eine Nacht ab, egal was für eine Nacht das war. Für mich war es eine kurze Nacht, in der ich mich nicht richtig ausschlafen konnte. Zu viele Gedanken schossen mir durch den Kopf; sie kreisten wie die Wellen eines Strudels, der mich immer wieder nach unten, in die Tiefe ziehen will. Ich lasse mich aber nicht nach unten in den Sog ziehen, ich kämpfe mit den Wasserfluten, ich wehre mich gegen diese Kraft des Bösen. Ich schreie im Traum: „Ich habe nichts getan, ich bin unschuldig." Und Neptun schüttelt sein Haupt und spricht sein Urteil: „Schuldig für immer!", was so viel bedeutet: „Du hast eine große Schuld auf dich geladen, die ausreicht, damit du für immer in der Hölle schmorst. Ich aber schreie verzweifelt: „Ein Missverständnis liegt vor, ich kann meine Unschuld beweisen", aber meine Worte gehen im Wellenrauschen unter.

Ich wachte schweißgebadet auf, stützte meine Arme auf die Ellenbogen auf und ließ meinen Blick durchs Zimmer gleiten. Ich war der Einzige im Bett. Um mich herum herrschte geschäftiges Treiben. Schüler kamen von der Morgentoilette. Ich nahm mein Necessaire und ging auch in den Waschraum. Irgendwie hatte ich das Gefühl, dass mir das gestrige Erlebnis wie ein Ekzem auf der Haut brannte. Ich war, oder besser gesagt, wir waren nur knapp einer Tragödie entkommen, denn jeder hätte sich ausmalen können, was gewesen wäre, wenn uns diese angetrunkenen, zwielichtigen Gestalten in ihre Gewalt gebracht hätten. Ob sie dann wirklich nur gesagt hätten: „Bitte, liebe Schüler leert eure Rucksäcke aus, wir wollen sehen, was ihr uns da mitgebracht habt. Na schön, da sind wir ja mit euch zufrieden. Ihr lasst uns alles Essbare da und könnt dann eures Weges gehen. Könnt ihr das überhaupt allein mit eurem Lehrer tun, oder sollen wir euch ein Wegstück begleiten? Wie gut, dass ihr uns besucht habt, jetzt haben wir für die nächste Zeit Proviant, und wir müssen nicht hungern."

An eine Gegendarstellung mit negativem Vorzeichen möchte ich gar nicht denken, obwohl diese realistisch gewesen wäre.

Ich habe noch nie so ein lautes Hin und Her beim Frühstück erlebt. Die Schüler stritten um den „Siegerpokal", den es bei dem gestrigen Indianerspiel gegeben hätte, wenn nicht Streitigkeiten unter den Schülern ausgebrochen wären, die ein objektives Schiedsurteil in Frage gestellt hätten. Deshalb schlichtete ich diesen Streit, der auszuufern drohte, indem ich meinte: „Wegen regelwidrigen Verhaltens beider Indianerstämme während des Spielverlaufs muss dieses Spiel mit einem „Unentschieden" bewertet werden, und wir werden, natürlich symbolisch, das Kriegsbeil begraben und gemeinsam eine „Friedenspfeife" rauchen, was so viel bedeutet, dass jeder einen Schluck Cola aus einer 1,5-Liter-Plastikflasche nahm, die reihum ging und aus kleinen Plastikbechern getrunken wurde. Damit war ein Schlussstrich unter dieses Indianerspiel gesetzt worden.

Aber für mich war es kein „Schlussstrich", nein, ich hätte es gerne so gewollt, aber auch dann, wenn ich mich bemüht hätte, an etwas anderes zu denken, war ich doch plötzlich mit meinen Gedanken bei diesem Erlebnis. Es hallte in mir mit großer Lautstärke nach und belastete mein Gewissen mit Zentnersteinen. Ich machte mir nachträglich Vorwürfe, so unbesonnen und fahrlässig gehandelt zu haben. Das hätte tatsächlich ein böses Ende nehmen können. Andererseits sagte ich mir, dass wir einen Schutzengel hatten und diesmal mit heiler Haut davongekommen sind.

Noch einmal werde ich hier in diesem Schul-landheim das Plateau der Schutzhütte nicht verlassen. Ich war nun auch von solchen Ideen wie Landschaftserkundung und Wanderenthusiasmus geheilt, ich wollte nur noch, so gut es ging, die restliche Zeit, die uns noch von diesem Aufenthalt geblieben war, überbrücken mit weiteren Hüttenspielen. Irgendwie reagierte ich fast schon allergisch auf dieses Wort „Spielen", es war mir einfach kein liebes Wort mehr; es klang so wie „Zeit totschlagen", es war so ein „Ersatzkaffee", man „spielte", weil etwas anderes nicht in Frage kam. Wo blieb wirklich das echte Erleben? Das blieb auf der Strecke.

Wir waren schon wieder beim Zusammenstellen zweier Mannschaften für das „Fan-Fan" Spiel, das bei meinen Schülern hoch im Kurs stand. Die Beliebtheit dieses Spiels ist sowohl auf die Beherrschung der Handballwurftechnik, als auch auf das perfekte Fangen des Balls zurückzuführen, aber auch als Zuschauer dabei zu sein, um die immer weniger werdenden Spieler durch muntere Zurufe anzufeuern.

Die Hüttenwartfrau, Frau Breitner, lehnte sich aus dem Fenster ihres Amtszimmers heraus, rief meinen Namen und bat mich in ihr Büro. Aha, ich konnte mir schon denken, worum es ging. Jetzt müsste ich wieder so eine Art Moralpauke und ein gutes „Kopfwaschen" über mich ergehen lassen. Wahrscheinlich wird sie von unserer Tour ins S-Tal erfahren haben, was ja auch unsere Angelegenheit ist und worüber wir niemandem Rechenschaft schuldig sind. Vielleicht auch hatte sie Nachricht vom Verbleiben der Häftlinge, die von Touristen auf ihren Wanderwegen gesichtet wurden. Auch in unserer Hütte kehrten hin und wieder vereinzelte Touristen oder kleinere Grüppchen von Bergfreunden ein. Etwas wollte sie von mir, aber was? Ich trat in ihr Büro ein. Sie war freundlich, nicht so überaus gut gelaunt, aber auch nicht so mit erhobenem Zeigefinger, nun ja, man merkte es ihr schon an, dass diese Sache mit den Häftlingen ihr nahe ging und dass sie es schon gerne sähe, wenn diese Sache aus der Welt geschafft wäre. Sie machte es sehr direkt und sagte: „Sehen Sie, Herr Deger, hier ist ein schwarzer Rucksack, der von einkehrenden Touristen hier abgegeben worden ist und der bestimmt einem ihrer Schüler gehört. Die Leute haben den Rucksack einfach am Wegrand gefunden und ihn mitgebracht. Es war ja anständig von ihnen, nur wie der Rucksack eines Schülers hinkommt, ist mir schleierhaft. „Na ja", - sie sah mich vielsagend an - „vielleicht wissen Sie mehr darüber." Ich tat sehr erstaunt, dass es schon möglich sei, dass einer seinen Rucksack vermisse, aber wie der Fall tatsächlich sich ereignet hatte, wollte ich nicht erzählen. Ich wich geschickt den Einzelheiten über diesen gefundenen Rucksack aus. Ich bedankte mich, nahm meinen wiedergefundenen Rucksack und ging. Damit war diese Sache auch erledigt. Meine Laune stieg, ich war wieder zuversichtlich, ich stellte mir vor, dass durch dieses seltsame Rückgeschenk meines eigenen lieb gewonnen Rucksacks, den ich schon für immer verloren glaubte, womit ich mich auch schon abgefunden hatte, dass durch diese Rückerstattung mein Schicksal und das meiner Schützlinge unter einem guten Stern stehe. „Wenn das kein gutes Omen ist!", sagte ich mir, mich damit selber wieder in eine euphorische Stimmung bringend.

Es ist schon wahr, durch die Äußerungen Egons war ich immer zwischen Hammer und Amboss; was ich sagen will, ist, dass ich niemals wusste, was an seinen Aussagen wahr ist und was nur seiner regen Fantasie entspringt. Konnte ich mich tatsächlich darauf verlassen, dass seine Voraussagen, seine hellseherischen Vorhersagen dem Wortlaut getreu eintrafen, dass diese Zukunftsbilder Realität werden? Und wenn ich zu diesem Schluss gelangt wäre, hätte ich von diesen Voraussagen als Warnungen Gebrauch machen können? Wären solche Meldungen uns, unserer Gruppe, von Nutzen gewesen? Darauf finde ich keine Antwort. Tatsache ist, dass ich auch gestern Abend überlegte, ob ich nach diesem Erlebnis, die Häftlinge am Lagerfeuer gesehen zu haben, nicht doch verpflichtet gewesen wäre, zum Hüttenwart zu gehen und ihn über den Stand der Dinge in Kenntnis zu setzen. „Sehen Sie, Herr Breitner, diese fünf Häftlinge sitzen gemütlich um ein Holzfeuer herum, verzehren „Grill Spezialitäten" und lassen sich mit erlesenen, natürlich gestohlenen Weinen volllaufen. Die machen keinesfalls den Eindruck, dass es ihnen nicht gut geht. Die waren bestimmt mit ihrer jetzigen Lage, dem Leben in Freiheit, mit dem unbeschwerten und genussvollen Wanderleben im „blauen Dunst der Bergwelt" zufrieden. Und die Unverfrorenheit ist, dass diese sich alle irdischen Genüsse erfüllenden Häftlinge sich in so unmittelbarer Nähe unserer Schutzhütte aufhalten; die Bedrohung ist näher gerückt, schon viel zu nahe." Und hätte ich nun dieses dem Hüttenwart gemeldet, so hätte er sein tiefes farbiges Lachen hervorgebracht und zu mir gesagt: „Mein lieber Freund, jetzt sehen Sie auch schon Gespenster, die Banditen sind zwar auf freiem Fuß, aber nicht hier in der Nähe. Wenn das so wäre, so hätten sie uns schon längst besucht, die scheuen vor nichts zurück. Was Sie gesehen haben, waren unsere Touristen, die ja wohl noch um ein Feuer sitzen dürfen, und ein Schluck aus der Flasche ist ja auch nicht verboten, das ist ja auch kein Verbrechen." Und dann hätte er wieder sein tiefes Lachen ertönen lassen. Ja, er hätte meine Aussage nicht ernst genommen und ja, das Gegenteil seiner Annahme und Darstellung des „Lagerfeuerbildes der friedlichen Touristen" konnte ich auch nicht beweisen. Außerdem sagte ich mir: „Reden ist (nur) Silber, aber Schweigen ist Gold." An der Volksweisheit ist schon etwas Wahres dran.

Da stand aber noch Egons Aussage im Raum, die besagte, dass sich etwas auf dieser Wanderung ereigne, was uns dazu zwingen werde, gleich wieder umzukehren und zur Schutzhütte zurückzukommen. Hätte ich auf seine Worte gehört, diese besser gedeutet, so hätte ich wahrscheinlich auf diese

Tageswanderung verzichtet, denn es wurde ja ein „Kurzprogramm der Wanderwaschmaschine."

Es gab an diesem Tag noch etliche Anzeichen, dass sich bestimmt alles zum Guten wenden werde.

Erstes Anzeichen war der wieder heimgekommene Rucksack, der bei mir in seinem Wert gestiegen ist und auf den ich von nun an noch mehr achtgeben müsse.

Zu Mittag aßen wir aus dem Rucksack. Nachdem ich mir auch eine Fischkonserve geöffnet hatte, holte ich mir vom Ausschank eine Tasse Tee. Die Tasse war heiß, deshalb beeilte ich mich, den Weg zu meinem Tisch rasch zurückzulegen. Aber bevor ich diese heiße Porzellantasse auf dem Tisch abstellen konnte, entglitt sie mir, fiel zu Boden und zerbrach. Ich sagte nur: „Scherben bringen Glück."

Auch ein drittes Anzeichen gab es noch, das jedoch kein richtiges war und nur einer gedanklichen Assoziation entsprang.

Ich saß einsam und verlassen auf meinem Platz am Kopfende eines der langen Tische, denn die Schüler drängten schon nach draußen. Ich war in Gedanken versunken, und man musste gar nicht viel herum raten, um was wohl meine Gedanken kreisten. Sie schwirrten wie Nachtfalter durch meinen Kopf, hatten große dunkle Augen wie das Nachtpfauenauge, und diese Augen sprachen zu mir; sie sprachen von einer gefahrvollen Lage. Der Falter trug meine Angst auf seinen Flügeln. Zur Zeit landete er auf meiner Stirne. Angst kann erdrückend sein, sie kann einem die Kehle zuschnüren, sie kann einen lähmen. Und als ich so in mich gekehrt dasaß, trat ein Schornsteinfeger ein und setzte sich mir gegenüber ans andere Kopfende. Es war kein richtiger Schornsteinfeger, aber durch seine dunkle Kleidung, dunkle Mütze und das rußverschmierte Gesicht sah er tatsächlich wie ein Rauchfangkehrer aus, und ich dachte, was kann einem Besseres passieren, als einem Schornsteinfeger zu begegnen. Ein wenig Aberglauben hat wohl jeder Mensch in seinem Gepäck, obwohl das Christentum den Aberglauben als Unglauben abtut. Gibt es doch auch große Schauspieler, die keinen Hehl aus ihrem abergläubischen Verhalten machen. Der „schwarze Mann" löffelte seine Suppe und aß dazu eine Schnitte Weißbrot. Und da nur noch ich im Speisesaal war, konnte er nur mir sein Leid klagen. Jeder mit seinen persönlichen Sorgen. Was wusste schon dieser „schwarze Mann" von meinen Sorgen?

Wenn es nun am Tag drei Anzeichen für bevorstehendes Glück im Hause gab, konnte man sich doch von seinen Sorgen befreit fühlen. Die gute Nachricht, ich möchte sagen die erlösende Nachricht ließ auch nicht lange auf sich warten. Sie war ein Hammer und verfehlte ihre Wirkung nicht. Um etwa 16.30 Uhr ließ mich der Hüttenwart zu sich in sein Amtszimmer bitten. Diesmal hatte ich überhaupt keine Vermutung, was für Nachrichten er mir mitzuteilen habe.

Ich betrat das Amtszimmer des Hüttenwarts zum dritten Mal in dieser Zeit des Schullandheimaufenthalts. Und so wie ich zum ersten Mal bei meiner Ankunft der Hüttenwartsfrau gegenüberstand, so stand ich diesmal ihrem Mann gegenüber. Er sprach eben am Telefon, und bei meinem

Eintreten nickte er mir freundlich zu. „Aha!", dachte ich, „die Telefonleitung, die für Tage unterbrochen war, geht wieder." Was für ein Fortschritt in dieser Wildnis. Er legte den Hörer auf und ließ sich, fast möchte ich sagen, erschöpft und gleichzeitig erleichtert in seinen Lehnstuhl hinter seinen Schreibtisch fallen. Er sah mich mit strahlendem Gesicht an und sagte: „Die Häftlinge sind gefasst worden." Und dabei streckte er seinen rechten Arm aus und schloss die ausgestreckte Hand zur Faust, wie um plastisch zu verdeutlichen, wie die Ausreißer mit der Hand gefasst worden sind. „Wir", meinte er, „können aufatmen, die Zeit dieser großen Gefahr ist vorbei. Sie können nun in aller Ruhe und Gelassenheit ihr restliches Schullandheimprogramm durchziehen. Die Meldung von der Festnahme ist erst eine halbe Stunde alt; sie kam von höherer Stelle. Ich bin überzeugt, dass nicht nur wir uns über diese gute Nachricht gefreut haben." Er fügte noch hinzu: „Jetzt können Sie ja ihren Schülern reinen Wein einschenken und ihnen sagen, wie das wirklich mit dieser Belagerung der fünf Häftlinge war." Ich hatte schon zweimal zur Entgegnung angesetzt, wurde aber durch den Wasserfall der sprudelnden Worte des Hüttenwarts überrannt. Doch jetzt war ich an der Reihe, und ich war jetzt derjenige, der bat: „Bitte diese Angelegenheit auch weiterhin vertraulich zu behandeln", denn sollte ich nun meinen Schülern alles wahrheitsgemäß erzählen, so wäre auch unser letzter Abend zunichte gemacht worden und das wollte ich nicht. Lieber so tun, als sei überhaupt nichts Nennenswertes vorgefallen. Den Zeitpunkt, wann ich diese Geschichte mit Hintergrundgeschehen meinen Schülern erzählen wollte, sollte ich selbst bestimmen und ob ich überhaupt jemals davon berichten wollte, behielt ich mir auch vor.

Fest stand, dass wir alles gut und unbeschadet überstanden hatten und dass die Schüler überhaupt nicht mitbekommen hatten, was sich hinter den Kulissen abgespielt hatte und dass ich uns jetzt tatsächlich in Freiheit wähnte und auch den längsten Tagesmarsch sorglos hätte unternehmen können. Aber es war schon zu spät, die Zeit im Schullandheim war abgelaufen, außer der Nachtruhe verblieben uns nur noch wenige Stunden Aufenthalt in dieser Schutzhütte.

Ich war kaum wieder vor der Haustür, um den letzten Programmpunkt dieses Abends mit den Schülern zu besprechen, als eine gewesene Schülerin von mir, Kerstin, hinter mir her rief und mich nochmals zum Chef bat. Kerstin war als Praktikantin hier in der Schutzhütte aufgenommen worden und war eigentlich „Mädchen für alles." Sie scheute aber die Arbeit nicht und half aus, wo es Not tat.

Also überzeugte ich mich davon, dass es meinen Schülern gut ging und machte auf der Stelle kehrt, um wieder ins Amtszimmer des Chefs zu gelangen. Der Hüttenwart empfing mich mit den Worten: „Entschuldigen Sie die wiederholte Störung, aber ich hatte vergessen, Sie zu einem kleinen Abschiedstrunk einzuladen, den eigentlich die Bergwacht organisiert und der zwischen 19-21 Uhr im Speisesaal abgehalten wird, denn unter den gegebenen Umständen der Festnahme der Häftlinge sieht die Bergwacht überhaupt keinen Anlass mehr, die Schutzhütte noch weiter zu verteidigen. Die Bergwacht will die Schutzhütte noch heute Abend verlassen." Ich äußerte mich, dass ich mich durch diese Einladung sehr geehrt fühle, machte aber doch Einwände, die Einladung anzunehmen, weil ich ja dadurch meine Aufsichtspflicht bei den Schülern verletzte. „Kein Problem", meinte der Hüttenwart, „Kerstin wird das schon auch Ihnen zuliebe übernehmen, sie kann mit Kindern sehr gut umgehen." Unter diesen Bedingungen sagte ich zu und freute mich auf diese wiedergewonnene Freiheit. Überhaupt hatte ich den Eindruck, dass mein etwas gebückter Gang sich wieder aufgerichtet hatte. Es war ein Gefühl, als schwebe ich auf „Wolke sieben." Als ich jetzt schon wieder im Büro stand, bat ich den Hüttenwart in eigener Sache ein Telefonat führen zu dürfen. Ich rief das Reiseunternehmen Euro-Tours an, bei denen ich unsere Hin- und Rückfahrt zum Steinbruch gebucht hatte. „Hallo, hier spricht Dietmar Deger, ich möchte mich nur vergewissern, ob die Ankunftszeit (morgiges Datum) auch eingehalten wird. „Ja, seien Sie unbesorgt", antwortete eine Männerstimme, es wird alles nach Buchung eingehalten, und er konnte es sich nicht verkneifen zu sagen: „Wir sind ein seriöses Unternehmen und können uns keine Fehler leisten." Dann war ich beruhigt. Ich weiß nicht, ob es auch anderen so geht wie mir. Immer dann, wenn man sehr beruhigt ist, befürchtet man trotzdem, dass etwas schief gehen könne.

Ich lief in den Vorhof der Schutzhütte und versammelte meine Schüler um mich. Ich machte die letzten Mitteilungen unseres Abendprogramms. Um 18 Uhr gemeinsames

Abendessen, nachher bis 21 Uhr Zeit für die Vorbereitung auf den bevorstehenden Karneval, den ich programmgemäß (mit oder ohne Häftlinge im Revier) abgehalten hätte, denn laut Anweisung sollte sich jeder Schüler schon von zu Hause eine Kleinigkeit für den Maskenball mitbringen: eine Kopfbedeckung, eine Gesichtsmaske oder auch einen Umhang, auf alle Fälle etwas, was im Rucksack nicht viel Platz einnimmt. In den Vorbereitungsstunden konnte jeder sein Kostüm dann vervollständigen, indem er sich aus Papier oder aus Stoffresten einen Rock, eine Bluse, eine Weste oder eine Krawatte anfertigte. Es sollte mit bescheidenen Mitteln eine große Wirkung und Originalität erreicht werden. Es winkten auch Prämien für die drei besten Masken.

Ich sagte meinen Schülern auch von der Einladung der Bergwacht. Es hatte aber niemand etwas dagegen, soweit ich nicht das Schülerprogramm beeinträchtigte.

Am langen Tisch mit den Männern der Bergwacht sitzend, konnte ich feststellen, wie zufriedene und gelöste Menschen aussehen. Anfangs wurde ein Gläschen Pflaumenschnaps getrunken und dann hatte man die Wahl, sich für Bier oder Wein zu entscheiden. Mir flüsterte der Hüttenwart, neben dem ich saß, zu, ich solle den Wein kosten, ein von ihm selbst gemachten Weißwein, aus eigenem Anbau. Er hatte eine wunderbare Blume und ich lobte den guten Wein in vollen Tönen und sagte: „Bei diesem Wein kann man bleiben." Herr Breitner verwickelte mich in ein Gespräch und sagte dann gut gelaunt: „Kommen Sie, ich möchte Ihnen meinen Weinkeller zeigen", auf den er sehr stolz war. Auf dem Weg in seinen Weinkeller, wo auch die anderen Vorräte für den Hüttenhaushalt aufbewahrt wurden, sagte er: „Wissen Sie, diese Schutzhütte haben wir erst vor zwei Jahren übernommen. Sie können sich gar nicht vorstellen, in welch verwahrlostem Zustand dieses Haus war. Und dann haben wir, meine Familie, die Ärmel hochgekrempelt und haben mit den Renovierungsarbeiten begonnen. Und heute sieht diese Hütte so aus." Und ich musste zugeben, dass diese Hütte ein Schmuckstück geworden ist, in der es an nichts mangelte. Wir standen im Keller, und ich sah die zwei großen Eichenfässer an der Kellerwand in Gestellen stehen und sah die Weinregale, in denen auch noch andere „edle Tropfen" lagerten, und die beiden großen Gefriertruhen an der Wand gegenüber. Große, pralle Säcke mit Grundnahrungsmitteln waren ordentlich in Reih' und Glied aufgestellt und die rückwärtige Wand hatte ein großes Regal, in dem Einweckgläser schön beschriftet standen. Von der Decke hingen Speckseiten, Wurstketten, Schinkenbeine und Knoblauchzöpfe herunter. Auf einem Ecktisch waren Käselaibe gelagert. Alles erweckte den Eindruck der Ordnung und der sorgfältigen Lagerung aller Essensvorräte, die auch ein gut gehendes Gasthaus benötigte. Jede Gaststätte wäre auf solch eine Vorratskammer stolz gewesen und hätte für lange Zeit hungrige Mägen und durstige Wanderer befriedigen können. Ich sah mit Bewunderung in den Raum und wäre fast verführt gewesen, in diesem Schlaraffenland nach einer hängenden Rauchwurst zu greifen, um einmal hineinzubeißen. Wir hatten diese Vorratskammer über den Weg durch die Küche erreicht, von der aus Treppen hinab in den Keller führten, aber auf der gegenüberliegenden Seite führten wieder Treppen hinauf zu einer Tür, und ich fragte den Hüttenwart: „Wohin führt dieser Ausgang?" Und er gab sogleich die Antwort: „Dieses ist die Türe, die direkt nach draußen führt, die wir nur öffnen, wenn wieder neue Vorräte von den Packeseln herbeigeschafft werden. Das ist einfacher, die Lebensmittel auf diesem Weg in den Keller zu bringen. Aber kommen Sie, ich schließe diese Tür auf, damit sie einen Blick auf die Bergriesen werfen können." In seiner Begleitung trat ich vor die Hütte und sah die letzte Phase eines Sonnenuntergangs. Eine Viertelscheibe roter Sonne lugte hinter den Berggipfeln hervor, und es sah wie glühendes Erz im Berggipfelhochofen aus. Das ist die Faszination der Berge, es ist das, was den Wanderer immer wieder in die Berge lockt.

Wir gingen mit diesem Bild in uns wieder schweigsam zurück in den Speisesaal. Auf den Tischen standen Petroleumlampen, die ein warmes Licht gaben und den Hüttenzauber unterstrichen. Die Hütte hatte zwar elektrischen Strom, doch abends hatte man sich im Speisesaal für diese Art romantischer Beleuchtung entschieden. Inzwischen hatte einer der Männer ein Akkordeon hervorgeholt und spielte alte Weisen und längst vergessene Lieder, die alle von Sehnsucht und Liebe erzählten, Texte die sich von der Wirklichkeit losgelöst haben und in ihrer eigenen Welt spielen. Aber was ich nicht für möglich hielt, war der Gesang der Männer, die zweistimmig sangen, was wie ein gut eingeübter Chor klang.

Ich lauschte mit Andacht. Es war still und friedlich; das Böse dieser Welt war verbannt, und ich hatte mich seit langer Zeit nicht mehr so wohl gefühlt. Und ich dachte noch, wie friedlich und voller Harmonie unser Leben sein könnte, wenn man dem Bösen den Weg versperrt, es einfach nicht an uns herantreten lässt. Man müsste eine Wand, gewebt aus Frieden, Einvernehmen, Freundschaft und Liebe errichten, transparent und leuchtend und diese als Schutzwall überall hinstellen, wo das Böse zur Gefahr wird.

Und dann ging das mit dem Verabschieden sehr rasch. Der Chef der Truppe mahnte zum Aufbruch. Ein letztes Gläschen wurde gekippt, ein paar Snacks noch in den Mund gesteckt und kurzes Händeschütteln und alle wussten: „Der Mohr hat seine Pflicht getan" und nun durfte er gehen. Ja, diese Männer der Bergwacht waren eine große Stütze. Solange sie die Schutzhütte bewachten, konnte man sich schon einigermaßen in Sicherheit wiegen. Jetzt aber war ihr Schutz nicht mehr nötig. Man hatte sie sozusagen in den „Ruhestand" bis zum nächsten Einsatz entlassen. Sie wussten, dass sie wieder gebraucht werden, und dann sind sie wieder zur Stelle. Was für eine gute, hilfreiche Einrichtung. Ihre Rucksäcke standen an der Wand. Sie griffen nach diesen, schwangen sie auf den Rücken und nach einem kurzen Winken waren sie in der Dunkelheit verschwunden. Die Nacht hatte sie verschluckt. Nur die Sturmtaschenlampen, die sie alle trugen, waren im Dunkeln wie Glühwürmchen zu sehen.

Und wie auch sonst dachte ich darüber nach, ob ich auch diesen Beruf eines Bergwachtmanns hätte ausüben können.

Vielleicht ja, denn ich hatte mal, als ich Student war, einen Auftrag als Bergführer übernommen - so als Ferienjob - und hatte ausländische Touristen auf einer Kammwanderung durch die Berge geführt und betreut. Es hatte mir Spaß gemacht, mit der Gruppe durch das Bergland zu ziehen, aber mit den Aufgaben der Bergwacht war ich trotzdem nicht richtig vertraut. Bergführer und Bergwachtmann sind halt doch zwei verschiedene Berufe, wobei die Berufung dazu nicht übersehen werden darf.

Ein Programmpunkt jagte den anderen. Oben, in unseren Schlafräumen bereiteten sich schon die Schüler für den Abschiedsabend vor. Und dieses Vergnügen, nachdem sie solch ein umfangreiches Spielprogramm hatten, wollte ich ihnen keinesfalls nehmen. Kerstin, die Studentin im Praktikum, die mit der Aufsicht bis zu meiner Rückkehr von der Bergwacht-Verabschiedung betraut war, hatte viele gute Tipps und kreative Ratschläge zur Kostüm-Anfertigung gegeben. Ich glaube, die Schüler wollten jetzt auch so richtig auf ihre Rechnung kommen und sich austoben. War es doch der letzte Abend der Freizeit, der wie immer Ewigkeitswert hatte.

Ich musste noch rasch das Tonbandgerät anschließen, die vorbereitete Musikkassette einlegen und - was nie fehlen durfte - meinen Fotoapparat hervorholen. War doch der Fotoapparat mein getreuer Begleiter auf all meinen Reisen, Ausflügen, Klassenfahrten, Skiausfahrten und Schullandheimaufenthalten. Er durfte nie fehlen und hätte auch manches von mir und der Welt nicht nur durch das Bildmaterial erzählen können. Er war mir genauso wie mein schwarzer Lederrucksack ans Herz gewachsen.

Es gab einen Aufmarsch der Masken. Da staunte ich, was der Einfallsreichtum, die Geschicklichkeit und die Spitzfindigkeit der Schüler alles hervor gezaubert hatten. Natürlich waren die Indianer in der Mehrzahl, angefacht auch durch das Indianerspiel, aber durch die Kriegsbemalung unterschieden sich die Stammeshäuptlinge voneinander. Auch das Nachtgespenst, das in Weiß durch die Gegend schlich, fehlte nicht, und die Zirkusclowns hatten ihren glanzvollen Auftritt mit ihren gut ausgeklügelten Späßen. Eine Gruppe von vier Schwarzen führte einen rhythmischen Trommeltanz auf und Cowboys zückten ihre Revolver. Und da bekam ich einen großen Schreck, denn der kleine Egon kam unter den Letzten und war als Sträfling verkleidet. Er hatte ein gestreiftes T-Shirt und eine Sträflingsweste aus Zeitungspapier an. Sein Kopf war kahl geschoren, d.h. er hatte einen Strumpf über seine schwarzen Haare gezogen. Diese Aufmachung wäre mir nicht so sehr aufgefallen, wenn er nicht einen roten Schal umgebunden gehabt hätte. Es war mir doch, als ich die fünf Häftlinge um das Lagerfeuer sitzend im S-Tal sah, aufgefallen, dass einer von ihnen einen roten Schal trug. Wie war das möglich, dass der kleine Egon sich ausgerechnet als Häftling mit einem roten Schal schmückte, ohne diese fünf Häftlinge jemals zu Gesicht bekommen zu haben. Und noch was, diesen roten Schal musste er ja schon von zu Hause mitgebracht haben. Ich konnte mir einfach keinen Reim darauf machen. Er musste also tatsächlich in hohem Maße über hellseherische Fähigkeiten verfügen. Davon hatte ich mich jetzt wieder mal überzeugt.

Überall tanzende oder schleichende oder standbildhafte Masken, hinter denen sich Personen, kleine, noch ungeformte Persönlichkeiten versteckten. Vielleicht auch sucht der eine oder andere Schutz und Zuflucht hinter diesen Masken oder er versucht, in eine Figur zu schlüpfen, die er gerne verkörpern würde, für die er Sympathie entwickelt, die eine befreiende Wirkung auslöst. Der Mensch möchte im Allgemeinen mehr sein, als er ist oder dann, wenn er jemand ist, der in der Öffentlichkeit eine Rolle spielt, würde er sich gerne hinter einer Maske verstecken, um weitab vom gesellschaftlichen Leben in Einsamkeit und Anonymität zu leben, um das unverfälschte Leben zu genießen. Kinder haben ein besonderes Gespür für die Verkleidung, für das Schlüpfen in andere Rollen, für das Schauspielen, das einen den monotonen Alltag vergessen lässt. Kinder möchten jede Gelegenheit wahrnehmen, um ihre Fähigkeiten und Talente auszuleben, diese vor den Zuschauern ihres Umfeldes auszubreiten. Ein Schüler neben mir stellt zusammen mit einer Mit-schülerin ein Königspaar dar. Die Krone aus Karton gefertigt, goldfarben angemalt, verleiht ihm ein würdevolles Aussehen; alles ist einstudiert, auch sein aufrechter majestätischer Gang mit dem Zepter in der Hand. Güte und Autorität verströmt diese Person, die sich anmaßt, ein ganzes Volk zu regieren, durch Geschicklichkeit und Diplomatie dem Volk zu Frieden und Wohlstand zu verhelfen. Die Königin, blass und anmutig fügt sich gehorsam den Anordnungen des Königs, blickt in Bewunderung zu ihm auf und strahlt in eigenem Glanze. Ich zähle die positiven Rollen und setze diese den negativen gegenüber; natürlich überwiegen die positiven Figuren. Eine negative Verkörperung war eine Teufelsmaske mit Furcht erregendem Aussehen und der Sträfling, der vom kleinen Egon dargestellt wurde, ohne dass sich dieser - man merkte es ihm an - mit dieser Figur identifizieren konnte. Im Gegenteil, ich glaube, sie widerstrebte ihm, aber angesichts der gegenwärtigen Lage sah er sich veranlasst, eine Warnung abzugeben, zu zeigen, dass wir jetzt unter der Bedrohung von entflohenen Häftlingen zu leiden haben, und er wollte verdeutlichen, dass diese Gefahr präsent ist.

Es kam Stimmung auf. Die Schüler bildeten einen Kreis, führten rhythmische Bewegungen aus, klatschten den Takt dazu. Schon sah ich glänzende, erhitzte Gesichter, in denen sich Freude und bei einigen auch Ekstase spiegelte. Immer wieder die gleiche Melodie in verschiedenen Variationen, die von manchen Schülern auch mitgesungen wurde. Einzelne Schüler durchquerten im Tanzschritt den Durchmesser des Kreises, um beim sich wieder Einreihen dem Gegenüber Gelegenheit zum Entgegenkommen zu bieten. Es kam Bewegung auf, und die Schüler tanzten sich mit Anmut und Grazie in ihre Fantasiewelt. Aber nicht alle machten mit. Einige standen mit ihren Cola-Dosen in der Hand und guckten dem bunten Treiben zu, und andere saßen auf ihren Bänken neben den übereinander gelagerten Tischen, die so aufgestellt waren, um die Tanzfläche zu vergrößern. Auf einer der Bänke in einer Ecke saß auch der kleine Egon, einsam und verlassen, vielleicht auch müde und unbeteiligt. Er war ein bisschen in sich zusammengefallen und wirkte noch kleiner, so als habe er nicht mehr die Kraft aufrecht zu sitzen. Und diesmal war ich derjenige, der auf ihn zuging. Ich sah ja in ihm einen Verbündeten, einen Menschen, der etwas von dieser Gefahr, in der wir schwebten, wusste, es zumindest ahnte, der vielleicht sogar mehr darüber hätte aussagen können als ich und in dem aller Wahrscheinlichkeit nach Bilder lebendig wurden, die er selbst alle verarbeiten musste. Ich ging zu ihm und setzte mich neben ihn auf die Bank. Ich wollte ein Gespräch mit ihm führen, obwohl ich genau wusste, dass er nicht sehr gesprächig war. Aber ich versuchte es wenigstens. Und ich sagte: „Na, Egon, du hast dich aber diesmal gut verkleidet und hast dir sogar ein Schießgewehr aus einem vertrockneten Ast gemacht. Das sieht tatsächlich wie ein Gewehr aus." Und weil ich von ihm hören wollte, was er eigentlich darstelle, sagte ich: „Also ein Matrose bist du bestimmt nicht, denn diese sind doch nicht bewaffnet." Und natürlich schnappte er ein und sagte fast schon ein wenig beleidigt, weil er von mir verkannt worden war: „Sie sehen doch mein gestreiftes T-Shirt. Solche gestreifte Kleidung tragen nur die Gefangenen." Und dann wollte ich ihm etwas sagen, was ihn vielleicht von seiner inneren Bilderflut befreien sollte. Ich sagte ihm das nicht aus Schadenfreude, sondern nur um ihm zu helfen, von dieser inneren Bilderlast loszukommen. Und ich musste es ihm direkt sagen, er war ja mein Verbündeter: „Egon, jetzt hör mal gut zu, du brauchst dir überhaupt keine Gedanken mehr über die Häftlinge zu machen. Sie sind nämlich jetzt am Nachmittag gefasst worden." Doch der kleine Egon sah vor sich hin und schüttelte den Kopf und machte ein ganz trauriges Gesicht und sprach vor sich hin: „Nein, nein. Sie sind nicht gefasst. Sie kommen heute noch, in der Nacht." Und dann entstand eine Pause, weil ich ja sprachlos war. Ich wusste einfach nicht, was ich entgegnen sollte. Und der kleine Egon half mir aus meiner Verlegenheit und sagte: „Gute Nacht, ich geh jetzt schlafen." Zurück blieb ich, wie angeklebt an meinem Sitzplatz auf der Bank mit neuen Zweifeln, die jetzt wieder an die Oberfläche drängten. Ich war wieder einmal zwischen Hammer und Amboss. Konnte ich nun nach allem, was vorgefallen war, Egon Glauben schenken, wo mir der Hüttenwart doch deutlich gesagt hatte, dass er ein Telefonat von oberster Stelle bekommen habe, das die Festnahme der ausgebrochenen Häftlinge bestätigte. Wer hat nun mit seinen Äußerungen Recht, der Hüttenwart oder der kleine Egon? Und wiederum sprach ich zu mir: Wenn ich nun zum Hüttenwart gehe und ihm sage: „Sehen Sie, Herr Breitner, ich habe hier einen Schüler, der besitzt hellseherische Kräfte und behauptet, dass die Gefangenen nicht eingefangen wurden, wie Sie eigentlich behaupten, dass diese noch immer auf freiem Fuß sind und nicht nur das, er sagt voraus, dass diese Gefangenen uns noch in dieser kommenden Nacht besuchen werden. Was halten Sie davon?" Er wird wahrscheinlich antworten: „Das ist unmöglich, denn ich habe ja mit eigenen Ohren das Telefonat von der Festnahme der Häftlinge entgegen genommen." Und weiter wird er sagen: „Schlafen Sie gut und seien Sie unbesorgt und schenken Sie nicht solchen fantasievollen Äußerungen eines Schülers Glauben." Leider muss ich zugeben, dass ich so oder so ähnlich an seiner Stelle reagiert hätte, aber die Angst vom Nachmittag hat sich doch wieder gemeldet und wie ein Schimmelpilz mit Belag niedergelassen. Der Schimmelpilz wucherte wieder, nein er blühte sogar, und das Sorgenpaket war wieder wie zuvor rissartig aufgebrochen. Und das Schlimmste war, dass ich eigentlich keinen Menschen hatte, mit dem ich über diese so heikle, mich schwer belastende Angelegenheit sprechen konnte. Aber, vielleicht hatte auch der kleine Egon diesmal nicht Recht, vielleicht hatte er sich diesmal in seinen inneren Bildern geirrt; das wünschte ich mir diesmal mehr denn je, denn es trennten uns nur noch Stunden vom erlösenden Abstieg zum Steinbruch.

Die Lust und Freude diesen für die Schüler erinnerungswürdigen Abend mit guter Musik, mit lustigen Späßen, mit Sing- und Ratespielen noch weiter fortzusetzen, war mir nach diesem Gespräch mit Egon vergangen; auch war es inzwischen schon 23 Uhr geworden, und ich blies mit meiner Trillerpfeife sehr zum Ärger meiner tobenden und ausgelassenen Schüler den Zapfenstreich. Ich klatschte in die Hände und meinte noch, dass man auch bei einem Abstieg (nicht nur beim Aufstieg) ausgeruht und fit sein müsste: „Also, Zähne putzen und in die Klappe", rief ich in die Runde. Ich musste noch mit Herrn Breitner die Tische im Speisesaal wieder zurück an Ort und Stelle rücken. Ich war dabei nahe dran, ihm von meinem Schüler, von Egon, zu erzählen, um ihn auch vor der bevorstehenden Gefahr zu warnen, der wir alle, laut Egons Worten, ausgesetzt waren. Aber dann unterließ ich es doch; ob ich wohl dadurch verantwortungslos gehandelt habe? Vielleicht, so stellte ich mir vor, hatte ich allein alle Fäden in der Hand, um durch einen kleinen Hinweis auf einen eventuellen nächtlichen Angriff der Gefangenen eine Gefahr abzuwenden, ein bevorstehendes Unglück zu verhindern. Aber ich war zu feige, zu feige, um mich unter Umständen zum Gespött zu machen; ich wollte einfach nicht ausgelacht werden. Doch ich hätte es tun sollen. Das Gute, das man unterlässt zu tun, ist immer unverzeihlich; hingegen das Böse, das ich durch einen Fehler oder Fehltritt verursachte, das wird uns Gott schon verzeihen, aber unverziehen wird das Gute bleiben, das ich aus irgendwelchen fadenscheinigen Gründen unterlassen habe zu tun.

Vor dem Zu-Bett-Gehen gab ich noch das morgige Tagesprogramm bekannt, und ich dachte, wie schön das wäre, wenn wir endlich im bequemen Reisebus sitzen sollten und wieder fröhlich und frei die Heimfahrt antreten würden. Aber dazwischen liegt noch diese Nacht, diese dunkle, undurchdringliche Nacht, an die sich die Aussage des kleinen Egon knüpft und diese Ungewissheit, ob er auch diesmal mit seiner Aussage ins Schwarze getroffen hat.

Der fünfte Tag

Der Morgen dämmerte, diffuses Licht drang in den Schlafraum. Ich wachte auf, weil jemand in den Morgenstunden im Traum laut um Hilfe schrie. Und sofort war ich hellwach, und es fielen mir Egons Worte ein: „Sie kommen heute noch in der Nacht." Dann aber, bei vollem Bewusstsein, sagte ich mir, dass diese Worte, Gott sei Dank, nicht wahr geworden waren, denn sonst würde es doch nicht solch einen friedlichen Morgen geben. Ich war irgendwie beruhigt und entspannt, und ich streckte mich genüsslich und schloss die Augen, um noch ein paar Minuten die eigene Bettwärme zu genießen, bevor ich meine Bande Schüler aus den Federn holte. Ich war locker und gut gelaunt und wusste, dass dieses gute Gefühl daher rührte, dass Egons Worte, das Besuchs-Ereignis, nicht der Realität angehörten. Die dunkle Nacht war vorbei, überall dominierte die Helle des neu angebrochenen Tages, und ich brauchte nur noch drei Finger, um die einzelnen Tätigkeiten aufzuzählen, die wir vor unserem Abmarsch noch auszuführen gedachten: Morgentoilette, Rucksäcke packen und Frühstück einnehmen. Und dann kann uns nichts mehr davon abhalten, den Abstieg ins Tal zum Steinbruch anzutreten. Und darauf freute ich mich sehr, weitaus mehr als meine Schüler, die schon jetzt Äußerungen taten, die ihr Bedauern über den frühzeitigen Abstieg enthielten. Ja, ich freute mich darauf, endlich wieder von hier wegzukommen, weil ich in dieser Zeit, in diesen Tagen des Schullandheims viel unter meinen Sorgen zu leiden hatte, die mich gefangen hielten und mir das Atmen erschwerten. Jetzt aber zeichnete sich tatsächlich unsere Rückkehr in unser Zuhause ab.

Ich war hellwach. Es überkam mich ein Glücksgefühl. Es war wie ein Triumph, den ich auskostete. Der kleine Egon hatte also mit seiner gestrigen Aussage nicht Recht gehabt. Der Fall, dass die Häftlinge in dieser Nacht die Hütte stürmen würden, war nicht eingetreten. Er hat dieses Bild doch nicht richtig gedeutet. Und eben dieses Nichteintreten des Überfalls hatte ich mit sichtlicher Erleichterung und Befreiung aufgenommen. Unter diesen Umständen konnten wir uns ja mit unserem Abschied und Abmarsch Zeit lassen. Die Schüler wurden auch nach und nach lauter, und es drehte sich alles nur um unseren Weggang. Manch ein Stimmchen war hörbar: „Können wir unseren Schullandheim-aufenthalt nicht vielleicht um einen Tag verlängern?" Mir jedenfalls war wahrhaftig nicht nach Verlängerung zu Mute. Aber sie konnten ja nicht wissen, wie es mir tatsächlich ging, wie es in mir aussah und dass ich niemals für eine Verlängerung gestimmt hätte. Ich jedenfalls hatte genug von dieser Art von Schullandheim, von dieser unfreiwilligen Isolation, die zwangsläufig unsere Pläne (im Schullandheim) durcheinander gebracht hatte. Und ich dachte so für mich: Jetzt kann es sich nur noch um Stunden handeln, und wir hätten es geschafft. Was hätten wir geschafft? Um 12 Uhr erwartet uns im Steinbruch der bestellte Reisebus, und dann wären wir diesem Hexenkessel entkommen. Ich forderte nochmals die Schüler auf, ihre teilweise schon gestern gepackten Rucksäcke zu überprüfen oder diese fertig zu packen. Ich wollte, dass wir noch vor dem Frühstück mit dem Packen abgeschlossen haben. Es war ja auch nicht mehr viel einzupacken, eigentlich nur die Kleidungsstücke, denn der Essensvorrat war ja geschrumpft, manche hatten sogar alles ratzekahl verzehrt. Was an Essensvorräten noch aus den Rucksäcken zum Vorschein kam: ungeöffnete Konservendosen, Fischpastetentuben, Wurstenden, Käseecken, Griebenschmalz und Speckstücke, Kekse oder andere Naschereien, all das türmte sich dann auf einem ungedeckten Tisch und blieb anderen Hungrigen zurück in der Schutzhütte. Essen darf nicht im Mülleimer verschwinden, nein, auch selbst Brotrinden nicht, alles kann noch verwertet werden und kann den Hunger, der manchmal sehr weh tut, stillen. Schüler sollten auch mit solch guten Lebensregeln vertraut gemacht werden.

Ich persönlich musste nur noch eine kleine private Abrechnung beim Hüttenwart vornehmen, da ich doch ab und zu mal eine Suppe oder eine Tasse Tee zusätzlich bestellt hatte, was nicht im Gesamtpreis inbegriffen war. Auch diese Zahlung wollte ich noch vor dem Frühstück erledigen und ging deshalb hinunter, um den Hüttenwart aufzusuchen.

Als ich mich der Küche näherte, hörte ich laute Stimmen, die wirr durcheinander riefen. Es klang aber nicht nach einem Streit, sondern eher nach einem aufgeregten Gespräch über irgendeinen Vorfall, der die Gemüter erhitzte. Ich erschien im Türrahmen, alle verstummten und starrten mich an. Ich wusste nicht, was los war und sagte: „Guten Morgen!" und fragte hinterher: „Bin ich zu früh am Morgen oder zu spät erschienen?" Und dann sprach Kerstin als Wortführerin im Namen aller Anwesenden: „Sehen Sie sich die Bescherung an, es ist nicht zu fassen. Die Häftlinge haben in dieser Nacht die Vorratskammer geplündert und barbarisch verwüstet. Sie müssen einen Nachschlüssel gehabt haben, denn die Türe war nicht aufgebrochen worden, und man sah auch keine Gewalteinwirkung daran. Sie haben die Essensvorräte der Schutzhütte gestohlen oder diese zerstört und ungenießbar gemacht. Sie haben in einem Wutausbruch alles kaputt geschlagen. Gehen Sie nur in den Keller und sehen Sie sich das an."

Ich stand sprachlos da, blieb wie angewurzelt im Türrahmen stehen und hörte fassungslos diese Worte, die wie metallene Schläge klangen. Dann aber, ohne etwas zu erwidern, lief ich aus der Küche die Treppen hinunter in den Keller und blieb entsetzt auf der vorletzten Kellertreppe stehen. Es bot sich mir ein einziges Bild der Verwüstung. Auf den ersten Blick konnte ich mir nicht Rechenschaft geben, was die Häftlinge an Beute mitgenommen hatten, aber sie haben die Mehl-, Zucker- oder Reissäcke einfach ausgeleert und daraus tragbare Rucksäcke gemacht, in die sie Essensvorräte eingepackt hatten, die wahrscheinlich bis an ihr Lebensende gereicht hätten. Wozu dieser irrsinnige Überfluss an Essensvorräten und warum diese wutentbrannte Verwüstung? Herr Breitner, der sich am letzten Treppenabsatz die Schuhe ausgezogen hatte, watete barfuß durch die Zentimeter hohen Pfützen, verursacht durch das Gemisch von Mehl, Zucker,

Reis und dem ausgeflossenen Wein. Die Häftlinge hatten nämlich alle Zapfhähne der Fässer aufgedreht, so dass der Wein auslaufen konnte und das nur so zum Spaß. Der gute Riesling, den ich am Vorabend gekostet hatte, dem ein richtiger Weinkenner sicherlich eine Medaille verliehen hätte, weil es ein ausgezeichneter Wein mit einer einmaligen Blume war; dieser Wein war einfach aus den Weinfässern geschossen und auf den braunen Erdboden geflossen, dann in der Erde versickert und weil die Erde so viel Flüssigkeit nicht mehr aufnehmen konnte, bildeten sich große Weinlachen, durch die Herr Breitner hindurch watete, um zu den Gefriertruhen an der gegenüberliegenden Wand zu gelangen und dort eine Bestandsaufnahme zu machen. Die Würste und Schinken, soweit nicht gestohlen, lagen in dem Weinmatsch, der durch Mehl und Reis zu einem ekligen Brei gemantscht wurde. Es war ein Jammer anzusehen, was diese Sträflinge angerichtet hatten. Und ich dachte: Wie viel Wut und wie viel Hass muss sich in einem Menschen stauen, dass er mit solcher Brutalität gegen unschuldige Säcke oder auch harmlose Weinfässer vorgeht, nur um sich abzureagieren. Sollte man diese Kreaturen „Menschen" nennen? Wird nicht vielleicht das Wort „Mensch" schon als Begriff abgewertet, wenn das Wort eine Bedeutungsverminderung erfahren hat? Was waren das für Kriminelle, die vor nichts zurückschreckten, die wahrscheinlich das von Gott geschenkte Gewissen einfach verloren hatten. (denen das aus dem Leib geschnitten wurde.) Irgendwie bedauerte ich die Hüttenwartleute. Sie hatten aus dieser Schutzhütte im Laufe der Zeit ein

Schmuckkästchen gemacht, in dem es an nichts, aber auch an gar nichts fehlte. Und da kommen einige Gauner einher und führen aus unbekannten Gründen eine Zerstörungsaktion durch. Ob sich diese Häftlinge wohl an den Richtigen gerächt haben? Sind nicht unschuldige Menschen Opfer ihrer verfluchten Triebe geworden? Gegen wen richtete sich eigentlich diese barbarische Verwüstung? Konnten sie sich durch diese Missetat ihre Freiheit erkämpfen? Ich hätte schon gerne gewusst, was sich eigentlich in den Köpfen dieser Personen zur Zeit des Plünderns und der Zerstörung abgespielt hatte. Zum Glück waren sie nicht an die Gewehre und die Munition gekommen, die in einer Art Waffenkammer mit Eisentür im zweiten Obergeschoss aufbewahrt werden. Oder sollte man dieses Problem auch von der Seite sehen, dass die Sträflinge es „nur" auf die Essensvorräte abgesehen hatten, „nur" einfach Schaden anrichten wollten und dass es gar nicht ihre Absicht war, auch gegen unschuldige Menschen vorzugehen, dass ihre Angriffslust nicht den Menschen sondern nur den Nahrungsmitteln galt. Menschen hatten sie verschont. Sie waren keine Geiselnehmer und keine Kinderschänder, nur gemeine Diebe. Auf diese Art und Weise würde sie ein guter Rechtsanwalt vor Gericht verteidigen: „Hohes Gericht, diese Angeklagten sind auch Menschen wie du und ich und haben natürlich auch ihre Fehler und Vorzüge, ihre Schwächen, aber auch ihre Wutausbrüche und ihre Aggressionen, wie wir alle auch, und deshalb müssten wir für sie Verständnis aufbringen. Und Zerstörungswut kann nicht mit Mordanschlag gleichgesetzt werden: Das sind zwei verschiedene „Mehlspeisen"; im Falle Zerstörungswut richtet sich dieser Ausbruch gegen tote Dinge und im Falle Mordanschlag richtet sich die Straftat gegen Menschen; doch gut verstanden, Menschen waren nicht ihr Angriffsziel. Ihrer beraubten Freiheit wegen nahmen sie nicht Rache an Menschen, sondern sie ließen ihre Wut an Reis- und Mehlsäcken aus. Sie haben nicht gemordet. Ein Mord kann durch nichts wieder gut gemacht werden, ein Mord, wenn auch in Notwehr, kann nicht entschuldigt werden, man kann einfach den Toten, wenn man auch Gewissensbisse hat und gerne die Tat ungeschehen machen möchte, nicht mehr zum Leben erwecken. „Tot sein" heißt für immer und ewig aus dem Verkehr des Lebens gezogen. Was bei zerstörten oder ungenießbaren Lebensmitteln nicht der Fall ist, diese können in den Müll gekippt und durch gesunde Nahrungsmittel ersetzt werden. Und das ist ein gewaltiger Unterschied, der sich da abzeichnet, und deshalb plädiere ich für Freispruch."

So leicht kann ein gewitzter Rechtsanwalt die Sache umkehren, aus schwarz wird weiß oder aus weiß wird schwarz, je nachdem auf wessen Seite der Verteidigung man steht, und da braucht man sich gar nicht zu wundern, dass nach solch einem Gerichtsverfahren plötzlich aus dem Opfer der Täter wird und dass aus dem Täter ein Unschuldslamm wird.

In meiner jetzigen Lage half mir auch das Theoretisieren und das Philosophieren rein gar nichts. Fakt war, dass der kleine Egon wieder einmal mit seiner Äußerung Recht behalten hatte. Die Häftlinge kamen, zerstörten, nahmen volle Rucksäcke mit Essbarem mit und verschwanden, wobei man nicht einmal weiß, wie und wann genau sich das zugetragen hatte, weil es keine Zeugen gab, nein, weil sie das alles heimlich ohne Mitwisser im nebeligen Morgengrauen getan hatten, vielleicht gar um die Schlafenden nicht zu stören, um niemandem die Nachtträume zu rauben. Sie hinterließen aber Spuren, das heißt: Sie hinterließen ein Trümmerfeld, einen ekligen Matschbrei, alles ungenießbar und abscheulich. Da fragt man sich mit Recht, wieso das so kommen konnte, nachdem von oberster Stelle gemeldet worden war, dass die aus dem Gefängnis „Kettenstein" entflohenen Häftlinge wieder gefasst worden waren und diese in der darauf folgenden Nacht ihr Unwesen in unserer Schutzhütte trieben. Und mit dem Wissen um diese Fehlinformation, dass die Häftlinge ja gar nicht eingefangen wurden und sich heute und jetzt zu dieser Zeit auf freiem Fuß befanden, war auf dem Angstthermometer in mir die Quecksilbersäule gestiegen. Am Morgen war ich gelöst und befreit, und jetzt schnürte mir wieder die Angst die Kehle zu. Aus dem langen Abschiedsfrühstück wurde nichts. Ein Frühstück jedoch mussten wir einnehmen, ohne zu essen konnten wir uns nicht auf den Heimweg machen. Ich glaube, man hörte es meiner Stimme an, als ich zu unseren Zimmern zurückkehrte und zur Eile des Aufbruchs mahnte: „Wir müssen in 20 Minuten gefrühstückt haben und die Hütte verlassen, um pünktlich im Steinbruch anzukommen, wo uns der Reisebus erwartet." Irgendwie hatte meine Stimme Härte angenommen und einige fragten sich: „Was ist mit ihm (gemeint war ich) los? Warum plötzlich diese Eile, wo wir sonst hier im Schullandheim immer und für alles so viel Zeit hatten?"

Und dann ging alles schneller, als ich dachte, denn es gab keinen herzzerreißenden Abschied, von wem auch. Ich reichte, nachdem ich mich in der Küche schon von Frau Breitner verabschiedet hatte, dem Hüttenwart die Hand und wusste nicht recht, was ich sagen sollte. Es fielen mir nicht einmal Trostworte ein. Ich sagte auch nicht wie sonst: „Ich komme wieder", denn ich war für wahrscheinlich lange Zeit von solch einer Art Aufenthalt in einer Schutzhütte geheilt, und das lag aber nicht an der Schutzhütte und gar nicht an den Hüttenwartleuten. Ich sagte nur ganz einfach: „Ade! Das war's." Als wir losgingen, stand er in der Tür und blickte uns nach. Kein Winken und kein: „Kommt bald wieder." Eigentlich war unser Abgang, oder nennen wir es unser Verschwinden schon merkwürdig. Meine Schüler drehten sich beim Weggehen noch einmal um, sie hatten sogar einen wehmütigen Blick, so als würde der ausdrücken: „Schade, dass wir nun Abschied nehmen müssen, du liebe Schutzhütte hast uns so gut beherbergt, warst für uns immer da, wenn wir dich brauchten, und wir brauchten dich immer, aber wir waren auch immer für dich da, und jetzt müssen sich leider unsere Wege trennen, und der Weg, der sich von dir abtrennt, ist unser Weg nach Hause." Mir fiel auf, dass der kleine Egon, der sonst bei allen Veranstaltungen, bei allen Spielen und auf allen Wegen unter den Letzten, wenn nicht sogar immer der Letzte war, jetzt beim Weggehen nicht rasch genug weg sein konnte; er war der Erste mit gepacktem Rucksack vor der Schutzhütte. Dort stand er stramm wie ein Soldat mit Tornister und wartete, bis wir vollzählig waren. Es hatte den Anschein, als könne er nicht rasch genug diesen Schauplatz verlassen, der wahrscheinlich für ihn nicht die schönsten Bilder in seinem Inneren geliefert hatte. Wie sollte ich diese Eile bei ihm, diesen Schwung und seine Elastizität beim Weggehen deuten? War es der Abschluss einer Bilderfolge in ihm selbst, das bewusste Abschließen mit einer irritierenden Angelegenheit, die ihm viel zu schaffen machte, die er die ganze Zeit zentnerschwer mit sich herumschleppte, die er mit keinem eigentlich besprechen konnte, auch mit mir nicht, weil er scheinbar das Gefühl hatte, er stoße bei mir nur auf Widerstand und auf Unverständnis. Er musste diese ganze Geschichte mit sich allein ausmachen. Leider muss ich zugeben, dass ich selbst auch kein Vertrauen in ihn und seine Äußerungen hatte. Diese waren manchmal sehr verschwommen, undeutlich und nicht entzifferbar. Als er sich an die Spitze der Schüler stellte, die im Gänsemarsch die Hütte verließen, hatte er ein lockeres, fast möchte ich sagen, ein gelöstes und heiteres Auftreten. Ich hingegen hatte schlechte Laune, und ich dachte so für mich, dass ich mir eigentlich das Abschiedsfrühstück und den Abschied selbst anders vorgestellt hatte.

Schon ging es bergab über Stock und Stein, und man durfte nicht einfach bergab laufen, sonst hätten das die Beine nicht ertragen. Man musste jeden Schritt irgendwie abfedern, um nicht ins Hinunterrasen zu verfallen, und man musste von Zeit zu Zeit stehen bleiben und den zitternden Knien eine Ruhepause gönnen. Ich hatte beim Frühstück doch etwas ganz Wichtiges vergessen: das Jausenbrötchen, das zur Stärkung des Körpers unbedingt notwendig ist, nebst dem Schluck Tee oder Wasser aus der Thermosflasche. Trotzdem hatten es einige nicht vergessen, sich belegte Brötchen eingepackt und Schokolade oder Würfelzucker in die Tasche gesteckt.

Mit einer einzigen längeren Pause von zwanzig Minuten kamen wir viel zu früh beim Marmor-Steinbruch an. Die vom bergab Weg geforderten Jugendlichen ließen sich erschöpft auf einzelnen Marmorquadern nieder, die aus der Gesteinswand herausgeschnitten waren, und so ergab sich ein einmaliges Gesamtbild: junge Geschöpfe, Mädchen und Jungen, die wie in Stein gehauene Statuen aussahen, zumal einige tatsächlich wie erstarrt da saßen, unbewegt und den Kopf der strahlenden Sonne zugekehrt. Sie saßen oder standen auf diesen Gesteinssockeln und muteten wie in Stein gemeißelt an. Und ich beeilte mich, mit meinem Fotoapparat diese Bilderflut bewältigen zu können und eilte von Statue zu Statue, immer andere Positionen der Dargestellten ins Bild bringend. Gut prägte sich mir das Bild des kleinen Egon ein. Er saß wie ein Denker auf einem Marmorsockel und stützte seinen Kopf in den gebeugten Arm, wo der Kopf dann an der Stirn mit der gespreizten Hand gestützt wurde. „Egon der Denkende" oder „Egon der Nachdenkende" würde ich dieses Bild überschreiben oder lieber „Egon der Hellseher." Interessant ist es, dass er bestimmt ein reges Innenleben hat, aller Wahrscheinlichkeit nach spielen sich ganze Filmstreifen vor seinem inneren Auge ab, aber diese werden nicht immer so klar und deutlich sein, manchmal werden sie eine Bilderfolge im Nebel sein.

Während ich mit meiner Kamera umher ging, um meine lebendigen Statuen zu fotografieren, wurde es still, vielleicht auch deshalb, weil sich jeder auf sich selbst konzentrierte, um eine möglichst lebensgetreue Statue abzugeben. Es herrschte Ruhe, und diese Stille breitete sich wie ein wohltuender Schleier über uns aus und hüllte uns in diese Leichtigkeit ein. Es war, als würden diese Jugendlichen nicht auf diesen schweren Steinen wie versteinert sitzen, sondern so, als ob sie auf einem Seidenteppich schwerelos dahingleiten. Und ich selbst hatte den Eindruck, als schwebe ich, an unsichtbaren Fäden gehalten, durch dieses Freilichtmuseum, in dem die „steinernen Statuen" darauf warten, zum Leben erweckt zu werden.

Unser Reisebus kam, und die Stimmung schlug blitzartig um. Die Stille, die noch zuvor dominierte, kippte in Jubel und Gejohle über die Ankunft des Busses um. Gerangel und Gedränge gab es beim Einsteigen, obwohl für jeden von uns ein Sitzplatz vorgesehen war, aber jeder wollte einen Fensterplatz erobern. (davon aber gab es nicht all-zu viele.) Alle spürten, dass es jetzt mit der Heimfahrt ernst war. Spätestens zu diesem Zeitpunkt wusste jeder, dass der Schullandheimaufenthalt zu Ende war. Es war nur noch eine Frage der Zeit, wann wir zu Hause ankämen, aber dieser Rückreise stand nichts mehr im Wege, auch keine Häftlinge, die vielleicht doch noch aus dem Gebüsch am Wegrand auf die offene Straße springen und unseren Bus und das Reisegepäck in ihre Gewalt bringen. Das habe ich als Möglichkeit entschieden ausgeschlossen. So weit, glaubte ich, würde ihre Dreistigkeit doch nicht gehen. Aber wer weiß das schon, wie weit diese Häftlinge in Wirklichkeit gehen würden. Und dementsprechend atmete ich richtig auf, als ich als letzter Fahrgast in den Bus stieg. Die Tür schloss sich hinter mir, und ich lehnte mich kurz an die geschlossene Ziehharmonikatür, und eine Stimme in mir sprach: „Gott sei Dank, dass wir alle wieder gesund und munter auf dem Wege nach Hause sind. Gott, du hattest ein Einsehen und ließest uns nur mit dem Schrecken davonkommen." Mit einer sorgfältigen Analyse dieses Schullandheimaufenthalts wollte ich noch nicht beginnen, das wollte ich erst in Ruhe zu Hause tun.

Im Bus setzte ich mich auf den Reiseleiterplatz, gleich rechts neben der Tür, und da wurden auch andere Erinnerungen in mir wach, als ich Reise-gruppen als Reiseleiter quer durch Europa begleitete; ja Reiseleiter war sozusagen mein zweites Standbein eines von mir gewählten Berufs und ich habe, sooft es mir die Zeit erlaubte, hauptsächlich in den großen Ferien, Reiseaufträge in die verschiedensten Länder Europas mit ihren Hauptstädten übernommen. Und es war nicht das Geld, was verlockend war, sondern die Leidenschaft des Reisens, die Faszination der Städte und ihrer Kulturen und die menschlichen Beziehungen mit meinen Reisegästen. Daraus eine Mischung mit der Berufung zum Übermitteln lehrreicher Kenntnisse, die auch dem Lehrerberuf angehört.

Ich nahm also den Reiseleiterplatz im Bus ein; es war ja mein Platz, der mir zustand, und es war keine schauspielerisch einstudierte Rolle. Ich nahm das Mikrophon in die rechte Hand, knipste den schwarzen Knopf an und sagte den Schülern ein paar Worte des Abschieds.

Ich sprach die Schüler wie Erwachsene an, und das hinterlässt immer einen guten Eindruck, denn sie merken, wie ernst man sie nimmt, so ernst wie erwachsene Menschen. Die sonst so eingeübte Rede hatte ich allerdings abgeändert im Sinne unseres Schullandheims und unserer kleinen Reisegäste:

„Meine sehr verehrten Damen und Herren, wir befinden uns auf dem Weg nach Hause, nachdem wir gemeinsam einen fünftägigen Schullandheimaufenthalt in den Bergen verbrachten. Und Sie wissen ja, überall ist es schön, aber am schönsten ist es zu Hause. Hinter uns liegen fünf Tage der Freizeit, in der wir so viele Spiele wie nie zuvor gespielt haben, die Sie bestimmt in guter Erinnerung behalten werden. Sie wissen es ja, Spiele fördern das Denken und setzen vielseitige Fähigkeiten voraus. Und an den Spielen dürfen alle teilnehmen, die daran Freude haben. Selbst die Olympischen Spiele waren anfangs Spiele, allerdings ernstzunehmende Spiele mit sportlichem Charakter, und bei den Spielen müssen alle Spielregeln eingehalten werden. Spiele fördern das Zusammenleben der Menschen und festigen die Freundschaft unter den Völkern." (Ich versuchte meine Rede auf diese Schiene der Spiele zu bringen, um ihre Bedeutsamkeit hervorzuheben. Das tat ich deshalb, weil ich aus diesem Schullandheim nichts anderes als Ergebnis präsentieren konnte, weil wir ja in dieser Zeit fast immer nur im Spielrausch waren.)

„Also, Spielen macht Spaß und wir haben neben den bekannten auch viele neue Spiele kennengelernt. Und unser Schullandheim zeichnete sich durch diesen hungrigen Spieltrieb aus, der niemals versiegt. Auch später wird uns dieses Schullandheim immer als „das Schullandheim der Spiele" in Erinnerung bleiben. (Wir hatten ja nichts anderes aufzuweisen, wir hatten ja nicht einmal so richtig ein Naturerlebnis gehabt. Wir hatten nur ein Spielerlebnis).

Ich fuhr in meiner Rede weiter fort: „Die Erinnerung ist das einzige Paradies aus dem wir nicht vertrieben werden können" (Jean Paul), „Erinnerungen an erlebnisreiche Tage können wir wann immer, zu jedem Zeitpunkt in unserem Gedächtnis abrufen. Sie sind Brot für unser Leben."

Ich sagte auch Worte, die über die Köpfe der Schüler hinweg gingen, aber irgendwie musste ich mich auch einer Zuhörerschaft mitteilen, um mich selbst von einem Druck zu befreien, der irgendwo ein Ventil suchte.

„Ihr werdet euch zu Hause in aller Ruhe die mitgebrachten Fotos ansehen; es sind Bilder, die einem bestätigen, dass ein Erlebnis tatsächlich stattgefunden hat und nicht nur ein Traumgebilde war. Die Fotos sind Beweismaterial für unsere Erlebnisse."

Ich wollte den Schülern nahelegen, dass Fotos einen großen Stellenwert in unserem Erleben haben und dass Fotos uns helfen, über unglückliche, schwere Stunden im Leben hinwegzukommen.

„Jedes noch so schöne Erlebnis geht einmal zu Ende. Damit, mit dieser Vergänglichkeit müssen wir uns abfinden. Ich glaube, dass jeder von uns auch dieses Schullandheim in guter Erinnerung bewahren wird. Der Glückliche zählt nur die schönen Stunden, an denen er sich im Leben immer wieder aufrichten kann. Für euch beginnen jetzt die langen Sommerferien. Viele von euch eilen schon dem nächsten Erleben entgegen. Ihr müsst keinen Gedanken an die Schule verschwenden. Schulaufgaben sind von der Liste eurer Ferienbeschäftigungen gestrichen. Genießt eure sonnigen Ferientage. Und danach wollen wir uns gesund wieder in der Schule einfinden. Ich möchte noch ankündigen, dass ich euch am ersten Schultag des kommenden Schuljahres noch etwas Interessantes im Zusammenhang mit unserem Schullandheim mitteilen möchte. Ich wünsche euch allen recht erholsame und schöne Ferien."

Wir waren am Ziel. Der Bus hielt vor unserem Schulgebäude genau an der Stelle, von der aus wir ins Schullandheim gestartet waren. Eltern umringten den angekommenen Bus. Es gab eine herzliche Begrüßung und Umarmung der Schüler von Seiten ihrer Eltern. Viele von den Schülern waren überhaupt das erste Mal fünf Tage lang weg von zu Hause und haben in einem fremden Bett in fremder Umgebung übernachtet. Diese Begrüßungsszene hat mich irgendwie gerührt. Also ist doch nicht alles, was wir Lehrer tun, sinnlos. Vor mir bildete sich eine kleine Schlange von Schülern, die mir wohlerzogen die Hand zum Abschied reichten und sich für die Ausfahrt bedankten. Auch der kleine Egon hatte sich in diese Schlange eingereiht. Als er vor mir stand, reichte er mir stumm seine zarte Hand und blickte mich mit seinen großen dunklen Augen vielwissend an. Er sagte nicht wie die anderen „Danke schön", aber sein Blick sprach Bände. Er wollte sagen, wir beide hatten bestimmt die gleiche Wellenlänge. Und nur wir beide wussten um die Gefahr, in der wir schwebten. In seinem Blick stand aber noch geschrieben: „Ich war dir immer ein Stück voraus; ich sah die Bilder im Zusammenhang mit den Häftlingen, bevor diese Stunden danach Wirklichkeit wurden. Und ich hatte dich gewarnt. Aber du hast die Warnung nicht ernst genommen." Seine feingliedrige Hand ruhte für Sekunden in der meinen und der Händedruck mutete kräftig an und verursachte kurze Zuckungen wie Morsezeichen: „Lass es gut sein. Es ist vorbei. Du hattest Glück in dieser schweren Situation, ja, auch ich, wir alle, wenn man das so nimmt, hatten großes Glück und müssen deshalb dem Schicksal dankbar sein, aber wir hätten auch früher umkehren können, du hast meine Bilder ignoriert, du hattest in mich kein Vertrauen. Denk daran, wir sind knapp einer Katastrophe entkommen." Er wandte sich von mir ab, und ich glaube, er hatte Tränen in den Augen. Leider kann ich das nicht mit Bestimmtheit sagen, aber er fuhr sich mit den Fingern der rechten Hand über die Augen, oder wollte er mit dieser Geste nur die Bilder der Gefahr ein für alle Mal wegwischen?

Schnell war diese Abschiedszeremonie vorbei. Sie alle: Eltern, Großeltern, Verwandte und Schüler gingen, indem sie die Rucksäcke, die eigenen oder die der Zöglinge, schulterten und winkten. Ich blieb. Der Busfahrer reichte mir auch seine Hand, wir waren ja in diesem Moment Verbündete, und er fragte: „Warum machen Sie so ein ernstes Gesicht? Es ist doch alles gut gelaufen, alle Schüler mit Ihnen an der Spitze sind heil und gesund zurückgekehrt. Es gibt doch keinen Grund, Trübsal zu blasen. Und vergessen Sie nicht, auch für Sie beginnen jetzt die langen Sommerferien, und da gibt's überhaupt keinen Grund zur schlechten Laune." Und ich antwortete: „Nein, ich habe keine schlechte Laune, aber ich bin müde." Und das war ich auch, ausgelaugt, verbraucht und müde, ein Kandidat für den „hundertjährigen Schlaf."

Der Bus blinkte kurz zum Abschied und fuhr davon. Und ich stand da, einsam und verlassen auf unserem Schulgelände, an dem Ort, der mein zweites Zuhause ist. Ich hielt meinen Rucksack an der einen Lederschlaufe und bewegte mich nicht von der Stelle, so als ob es mir schwer falle, meine Füße in Gang zu bringen. Irgendwie war ich lustlos und nachdenklich. Ich war aus einem Schullandheim zurückgekehrt, das jeder Beschreibung spottet. Und dieses werde ich so rasch nicht vergessen und vielleicht auch nicht so rasch verarbeiten können. Und dann gab ich mir einen Stoß und setzte mich langsam, wie ein um Jahre gealterter Mann, in

Bewegung, und meine Beine gehorchten. Ich musste mir einreden: Du musst jetzt auch nach Hause gehen.

3. Teil

Das Nachspiel

Der Vorabend des ersten Schultages

Morgen ist der erste Schultag, der Beginn eines neuen Schuljahres. Und sicher mag es merkwürdig klingen, aber für mich als Lehrer beginnt das neue Jahr, das im September schon erheblich gealtert ist, am ersten Schultag des neuen Schuljahrs,

Ich sitze an meinem Schreibtisch und lese in einer Lyrik Anthologie. Leider ist die Lyrik in unserer heutigen Zeit keine gefragte Ware, nein, gewiss nicht, denn was beginnt man schon mit den Gefühlen eines Fremden, eines Dichters, den man ja als Mensch überhaupt nicht kennt, wenn dieser auch durch sein Werk in aller Munde ist und ein berühmter Dichter ist? Und was soll man schon mit einem Gedicht anfangen? Oder kann es doch auch sein, dass ein Gedicht dem Leser etwas gibt? Vielleicht ist es wirklich so, dass sich etwas von der Atmosphäre des Gedichtes, auf einen selbst überträgt. Man fühlt dabei etwas, man empfindet etwas, man wird in eine bestimmte Stimmung versetzt. Ich bekomme vom Gedicht etwas geschenkt. Die Frage ist nur, ob es mir gelingt, dieses Geschenk des Gedichtes anzunehmen.

Ich lese den „Herbsttag" von R. M. Rilke. „Herr: es ist Zeit. Der Sommer war sehr groß. Leg deinen Schatten auf die Sonnenuhren. Und auf den Fluren lass die Winde los."

„Der Sommer war sehr groß." Dies wird bestimmt für die Natur zutreffen, die große Reife des Sommers, oder die Reife eines Menschen, der Mensch inmitten des Lebens, der Mensch in der Reifezeit seines Lebens.

Wie war für mich dieser Sommer? Hat er mir auch diese Reife gebracht, vielleicht die reife Überlegung oder die Reife in meiner Lebensweise? Und überhaupt, wie gelangt ein Mensch zu dieser symbolischen Reife des Sommers? Natürlich nur über eine vorangehende Phase des Frühlings, und wer den Frühling erlebt in seinem Leben, denkt über die nachfolgende Zeit des Sommers nicht nach. Vielleicht gehört die Welt der Jugend dem Frühling, denn der reife Sommer mag ja auch seine Vorzüge haben, aber dem Sommer folgt der Herbst, und wer sich bis zu diesem Zeitpunkt kein Haus gebaut hat, dem wird es versagt bleiben, eines zu bauen. Die Zeit ist abgelaufen, die Chancen ungenutzt geblieben; was auch immer R. M. Rilke mit dem „Hausbau" sagen will, er hat Recht, wer bis zu diesem Zeitpunkt im Leben nichts geleistet hat, kann auch nicht erwarten, im Alter eine „Ernte" einzufahren.

Ja, das muss ich sagen, auch für mich war der Sommer sehr groß. Des Sommers Größe lag bei mir in dem Zu-mir-selbst-Finden. Gelegenheit dazu bot mir das Schullandheim, das mich in eine so gefahrvolle Lage gebracht hatte und das ich in mir verarbeiten musste. Bin ich aber mit der Verarbeitung des Schullandheims tatsächlich fertig geworden? Ich glaube, dass ich es noch immer nicht fertig gebracht habe, das Schullandheim innerlich aufzuarbeiten. Außerdem glaube ich nicht, dass ich in Zukunft so unbefangen ein Schullandheim leiten könnte. Ich werde wahrscheinlich immer an die Gefahren denken, die möglicherweise ein Schullandheim bedrohen könnten, an die Gefahr im Allgemeinen, die wie ein Damoklesschwert über uns schwebte. Welches ist diese Gefahr und wo lauert diese Gefahr? Vielleicht ist es wirklich so, dass die Gefahr ständig gegenwärtig ist und sich hinter jedem Baum und hinter jedem Strauch und hinter jeder Häuserecke verstecken kann und dich, sobald sie hervorschnellt, gefangen nimmt und dir den letzten Stoß versetzen kann. Die Gefahr ist immer neben uns, hinter uns, vor uns und auch mit uns, und unsere Abwehr ist leider immer zu schwach, zu unaufmerksam oder sie fällt einfach wegen Lähmung der Gliedmaßen aus. Die Abwehr reagiert manchmal gar nicht auf solch einen Gefahrenimpuls, auf solch eine blinkende rote Ampel, die besagt: „Achtung, es droht Gefahr!" Nein, die Abwehr ist einfach wie bei einem Stromausfall weggeblieben.

Worin sollte bei mir wirklich die Größe des Sommers gelegen haben, in einer besseren Einsicht, in einer Annahme dieses nerven tötenden Erlebnisses, das mich für mein weiteres Leben geprägt hat, oder als ein Erlebnis, das mich das Fürchten gelehrt hat?

Tatsache ist, dass dieses ganze Erlebnis mir heftiger zugesetzt hat, als ich es wahrhaben will. Also, so mit einmal den Kopf unter eiskaltes Brausewasser halten, um alles wegzuspülen, kann dieses Erlebnis aus dem Kopf nicht ausgemerzt werden, denn es hat sich ja mit allen Begleiterscheinungen in meinem Hinterkopf festgesetzt, und von dort kann es auch mit einem Psychiater-Staubsauger nicht mehr heraus geholt werden.

Das Einschlafen am Abend ist bei mir immer in Frage gestellt. Da ist das Denken am intensivsten. Es stürmt eine Gedankenflut auf mich ein. Und ich muss immerzu an diese Häftlinge denken. Obwohl sie für uns solch eine Bedrohung darstellten, muss ich an diese Häftlinge denken, die ja auch Menschen wie wir sind. Ich muss mir unwillkürlich die Frage stellen, warum sie eigentlich in den Knast gekommen sind, was sie eigentlich verbrochen hatten, um eine Gefängnisstrafe absitzen zu müssen. Waren ihre verübten Straftaten so schwer, dass sie eingebuchtet werden mussten? War das von dem hohen Gericht erteilte Urteil ein gerechtes oder war es überzogen, ungerecht, parteiisch oder gar ein Justizirrtum? Und dann beschäftigte mich noch die Frage, warum sind diese Häftlinge aus dem Gefängnis ausgebrochen, was haben sie sich dabei vorgestellt, was haben sie von ihrer Flucht erwartet, was haben sie damit im Grunde genommen bezweckt, ging es ihnen ausschließlich um ihre Freiheit?

Mich lässt schon seit meiner Kindheit eine Geschichte nicht los. Als Kind hatte mir meine Mutter abends vor dem Schlafengehen immer eine Geschichte vorgelesen, und das haben wir auch im Schulalter in den ersten vier Klassen der Grundschule beibehalten. Das war die Abmachung: Ich bringe gute Noten nach Hause, und meine Mutter liest mir dafür jeden Abend eine Geschichte vor. Ich war einfach hungrig auf Geschichten, aber diese Geschichten durften sich nicht wiederholen, es mussten immer und immer wieder neue sein. Und einmal las meine Mutter aus einem alten zerfledderten Buch eine Geschichte vor, die in dem dünnen Büchlein die letzte Geschichte war. Ich glaube auch, dass diese Geschichte nicht eine für Kinder war, obwohl diese von zwei Jugendlichen handelte, die sich sehr liebten. Es waren aber nicht die zwei Königskinder, auch nicht Romeo und Julia, es waren ein Junge und ein Mädchen, die bestimmte Namen hatten, die ich natürlich nicht behalten habe und die ich als „er" und „sie" bezeichnen möchte. Aber nicht deshalb, weil sich diese beiden Jugendlichen so sehr liebten, ist mir die Geschichte so gut im Gedächtnis geblieben, sondern aus einem ganz anderen Grund. Diese beiden Jugendlichen mögen wohl gleichen Alters, etwa 15 oder 16 Jahre alt gewesen sein. Der Junge stammte aus einer reichen, adligen Familie und das Mädchen war die Tochter eines Stubenmädchens, das in dieser Adelsfamilie ihren Dienst versah. Aus Standesdünkel heraus war eine Verbindung dieser beiden Jugendlichen unmöglich. Doch wie das so ist, setzte sich die Liebe über alles hinweg, und beide Verliebte beschlossen, eines Nachts von zu Hause zu fliehen. In einer Nacht- und Nebelaktion hatten sie aus einem Gestüt des Nachbarguts ein Rassepferd gestohlen, und mit einem kleinen Bündel von Essensvorräten haben sie sich zu zweit auf dem Pferderücken davongemacht. Sie ritten auf dem gestohlenen Hengst in die weite Welt hinaus. Es war ein Ritt nicht nur in die dunkle Nacht sondern ins Ungewisse. Zwei Kinder, zwei junge Leute, ein Mädchen mit blondem Haarschopf und ein brünetter Junge auf einem Vollbluthengst blieben nicht länger unentdeckt und unerkannt. Schon nach zwei Tagen hatte man sie gestellt und wieder zurückgebracht. Doch weil sie beide einen schweren Diebstahl begangen hatten, weil sie dieses kostbare Rassepferd gestohlen hatten, mussten sie beide ins Gefängnis wandern, das heißt in eine Erziehungsanstalt für Jugendliche, die aber die Hausordnung eines Gefängnisses für Erwachsene hatte. Die beiden Jugendlichen wurden natürlich getrennt; es gab ein Gebäude, in dem die Frauen untergebracht waren und ein anderes für Männer, und beide Gebäude lagen weit voneinander entfernt in Randgebieten einer größeren Stadt; auch bis zum Stadtzentrum war es eine kilometerweite Entfernung. Sie waren nun, „er" und „sie" getrennt voneinander in verschiedenen Gebäuden untergebracht, die nicht nur wie Gefängnisse aussahen, sondern auch die Bedingungen nachahmten, unter denen die Häftlinge in einer Strafvollzugsanstalt lebten. Vielleicht gab es doch eine kleine Ausnahme: Die Bewachung war nicht so streng, und sie wurden auch nicht hinter Gittern gehalten. Beide litten sehr unter dieser Trennung. Es störte sie weniger, dass sie im Haus eingesperrt und ihrer Freiheit beraubt waren, sondern vielmehr die Tatsache, dass sie nicht mehr zusammen waren. Sie waren, jeder für sich, verzweifelt und dachten krampfhaft darüber nach, welche Möglichkeit es gab, diese Trennung zu überwinden. Es gab nur eine: aus diesem „Gefängnis" auszubrechen und zu fliehen. Und ich glaube, dass mir diese Geschichte deshalb so gut im Gedächtnis geblieben ist, weil die beiden Jugendlichen gemeinsam den Wunsch hatten und den Willen aufbrachten, einander wieder zu finden, nachdem ihnen Unrecht widerfahren war. Es ging ihnen dabei nicht um ihre persönliche Freiheit, sondern darum, zum anderen zu finden. Sie waren jeweils um das Wohlergehen des anderen besorgt. Unter diesen genannten Umständen, mit diesen Argumenten, kann man jeden Fluchtversuch aus einem Gefängnis entschuldigen. Noch mehr, man muss diesen als durchaus gerechtfertigt ansehen. Ohne mit dem Partner das abgesprochen zu haben, waren beide aus ihrer Gefängnisumgebung geflohen, in der Hoffnung, sich irgendwie in der Stadt zu finden. Man wundert sich über die gut funktionierende telepathische Beziehung zwischen beiden, die es ermöglichte, zum gleichen Zeitpunkt, mit der gleichen Absicht den Fluchtweg in die Freiheit anzutreten. Sie nahmen, jeder für sich, alle Strapazen und Hindernisse eines beschwerlichen langen Weges auf sich, weil sie wahrscheinlich beide das Gefühl hatten, richtig zu handeln und weil sie fest daran glaubten, sich irgendwo wieder zu finden. Gut verstanden, es ging ihnen jeweils nicht ums eigene Überleben sondern um das Leben des anderen. Sie hatten die feste Überzeugung, dass Gott die Liebenden beschützt und sie im Trennungsfall wieder zusammenführen wird. Beide kamen zur gleichen Zeit aus verschiedenen Richtungen und strebten dem Stadtzentrum zu, so wie wenn sie nach Absprache handeln würden. Nach einem langen, anstrengenden Fußmarsch kamen sie in die belebte Stadtmitte, und nun begannen sie eigentlich ziellos in der Stadt umher zu irren, immer die Hoffnung in sich tragend, dass sie einander wie rein zufällig und doch nicht überrascht finden werden. Und jetzt könnte man in einem Filmstreifen sehen, wie eine Zweiteilung des Lichtbilds erfolgt. Eine Hälfte zeigt den Weg des Jungen und die andere Hälfte das Herumirren des Mädchens. Bei beiden traten Ermüdungserscheinungen auf, und sie setzten sich an den Wegrand und ruhten sich für kurze Zeit aus. Gut verstanden, alles geschah fast synchron, und das Herumirren beider Personen wies große Ähnlichkeit auf.

Meine Mutter konnte sehr gut und fließend vorlesen und hatte eine sehr klangvolle Stimme, und sie machte beim Lesen auch Kunstpausen und hob einzelne Wörter und Wortgruppen hervor und las mit wechselhafter Betonung. Ihre Stimme habe ich heute noch im Ohr. Und diese Geschichte musste ihr auch sehr gut gefallen haben, denn sie las am Stück bis in die tiefe Nacht hinein, ohne diese Geschichte wie auch sonst manchmal in Fortsetzungen zu gliedern, und sie las mit Leidenschaft, so als ob ihr diese beiden kleinen Personen auch ans Herz gewachsen waren und als möge sie diese und wolle jetzt nur rasch zum Ende kommen, um zu erfahren, ob und wie diese beiden Personen nach solchen Qualen und Entbehrungen zueinander gefunden haben. Und sie las in etwa folgenden Wortlaut:

„Mit schweren Beinen zogen beide, jeder aber für sich im Stadtzentrum umher, und sie suchten einander. Immer wieder hielten sie im Gehen inne und blieben kurz stehen, um von neuem Atem zu holen, immer von dem Gedanken getrieben, dass hinter der nächsten Straßenecke der Liebste da steht. „Wo bist du?" flüsterte er still vor sich hin: „Wo steckst du nur?", fragte sie sich in Gedanken. Es war schon eine Zerreißprobe für beide. Ob sie wohl diese harte Probe bestehen werden?

Und dann plötzlich hörte ich meine Mutter sagen: „Und wenn sie nicht gestorben sind, dann leben sie noch heute." Das sollte das Ende dieser Geschichte sein. Es entstand eine kurze Pause. „Gute Nacht, mein Junge!", sagte sie leise und fuhr mir mit ihrer leichten Hand über den Haarschopf. Sie dachte, ich sei während des Vorlesens eingeschlafen, weil ich meine Augen geschlossen hielt, aber nein, das war nicht der Fall, weil die Geschichte so spannend war, aber dieses Ende hatte ich nicht erwartet. Da stimmte ja was nicht. Da war doch plötzlich die Erzählung abgebrochen, und diese märchenhafte Wendung passte ja eigentlich auch nicht zu dieser realistischen Liebesgeschichte. Es klang ja so, dass sich dieses alles tatsächlich in Wirklichkeit zugetragen hatte, sonst hätte man ja auch zwischendurch Elemente des Märchens heraushören müssen, aber diese Anzeichen eines Märchens gab es nirgendwo. Und da war ich plötzlich hellwach und sagte: „Diese Geschichte kann doch nicht damit aufhören, dass diese beiden sich suchen und suchen, immer wie-der einer den anderen sucht und dass sie sich niemals mehr finden. Und ich wollte jetzt tatsächlich wissen, wie diese Geschichte ausgeht. Und meine Mutter, die arme, konnte schon immer schlecht lügen und zog deshalb in kritischen Situationen die Wahrheit der Lüge vor und sagte: „Schau mal, mein Junge, wir wissen nicht, wie diese Geschichte endet, denn es fehlt das letzte Blatt des Buches." Leider war ja dadurch das Buch verstümmelt worden, denn jemand hatte, aus irgendeinem Grund das letzte Blatt aus dem Buch einfach herausgerissen, und das Blatt fehlte, das Blatt mit der Antwort, das Blatt mit dem Ende einer so faszinierenden Geschichte.

Und ich setzte mich im Bett auf und machte ein erstauntes Gesicht und fragte: „Mami, was glaubst du, wie geht jetzt eigentlich diese Geschichte aus?" Und sie antwortete, ohne zu zögern: „Zwei Menschen, die sich so sehr lieben, die so vieles gemeinsam haben, die aus einer Erziehungsanstalt geflohen waren, weil einer den anderen vermisste, diese Menschen gehören zusammen. Diese beiden haben sich bestimmt gefunden." Und irgendwie war ich beruhigt, dass dieses die Meinung meiner Mutter war, da ich ja auch davon überzeugt war, dass diese beiden vom Leben belohnt werden und wieder zusammen sein dürfen. Aber trotzdem hatte ich ja auch meine Zweifel und sagte: „Man weiß es leider nicht." Und meine Mutter entgegnete: „Man muss es auch nicht wissen, manchmal kann man mit seinem Herzen besser verstehen und entscheiden. Diese beiden, so sagt mir mein Herz, haben sich bestimmt gefunden. Schlaf jetzt, mein Junge, es ist schon sehr spät." Damals verstand ich ihre Antwort nicht ganz. Und ich lag noch lange wach im Bett, wälzte mich hin und her und konnte nicht einschlafen. Ich dachte über die Worte meiner Mutter nach und fragte mich, sollte das wirklich so sein, dass man oftmals Dinge, die unklar sind oder keinen Abschluss haben, mit dem Herzen besser verstehen und entscheiden kann?

Ich wollte unter Umständen mit dieser Geschichte den Fluchtversuch der fünf Häftlinge entschuldigen oder besser gesagt begründen, weil doch jeder von ihnen bestimmt auch persönliche Gründe hatte, für die man auch Verständnis aufbringen sollte. Das kann so sein, muss aber nicht so sein. Mit dieser „Er-und-sie-Geschichte" gelangte ich in den späteren Jahren zu der Schlussfolgerung, dass wir Menschen nicht nur die Vernunft besitzen, sondern auch ein feines Navigationssystem, das im Herzen eingebaut ist, das oftmals die Führung in bestimmten Handlungsphasen übernimmt.

Irgendwie ist jede Geschichte, die kein Ende hat, unbefriedigend: so die Geschichte der beiden Liebenden wie auch die Geschichte der fünf Häftlinge. Auch wenn wir nicht mehr dieser Gefahr ausgesetzt waren, weil wir ja schon längst, jeder von uns in seinem Haus, im Schoße der Familie gelandet ist, wollte ich trotzdem wissen, was denn eigentlich mit diesen fünf Häftlingen geschehen ist. Setze ich da mein Navigationsgerät ein, erfahre ich, dass sie wieder eingefangen wurden. Dabei muss ich aber trotzdem ehrlich sagen: „Ich weiß es nicht." Und aus menschlicher Neugier heraus rief ich in der Schutzhütte an und hatte auch gleich den Hüttenwart an der Strippe: „Herr Breitner, hier spricht Dietmar Deger, ich hätte gerne gewusst, was mit diesen fünf Häftlingen los ist, die uns durch ihren Fluchtversuch so viel Angst und Schrecken eingejagt hatten." Er antwortete: „Ja, sehen Sie, diese Häftlinge sind wieder eingefangen und ins Gefängnis zurückgebracht worden. Die Häftlinge sind wieder hinter Gittern. Der Spuk ist vorbei. Wir können wieder unserer täglichen Arbeit nachgehen und unsere Touristen betreuen. Das ist ja unsere Aufgabe: den Touristen, die bei uns einkehren, zu Diensten zu sein. „Ja, wieso kam es dazu, dass am Vorabend unseres Schullandheims die Meldung von der Festnahme der Häftlinge durchgegeben wurde, wogegen diese noch auf freiem Fuß waren und in der Nacht dann zuschlugen und die Vorratskammer der Schutzhütte plünderten und zerstörten?" – „Ja, das war so. Die Meldung wurde auf Grund der Festnahme eines einzigen Häftlings gemacht, der aller-dings sich selbst der Polizei stellte, weil er dem Druck nicht mehr gewachsen war. Und aufgrund dieser Festnahme sollten durch das Geständnis dieses einen Häftlings auch die anderen gefasst werden. Die Meldung von der Festnahme ist leider dem vermuteten Einfangen aller fünf Häftlinge fälschlicher Weise vorausgegangen. Da hatten die Behörden durch ihren Übereifer etwas verbockt. Aber nun ist kein Zweifel mehr an der endgültigen Festnahme und Überführung ins Gefängnis der ausgebrochenen Häftlinge. Und glauben Sie mir, ich habe gleich am nächsten Tag, nachdem Sie mit ihren Schülern von uns weggingen, mit den Aufräumarbeiten im Vorratsraum begonnen und habe diese ganze „Schweinerei" in unserem Keller beseitigt und sauber gemacht. Am meisten hat mein Herz geblutet, als ich feststellen musste, dass der gute Wein ganz ausgeflossen war. Aber, ich habe ein Lebensmotto „Alles ist im Leben zu etwas gut", und so habe ich mir in die Hände gespuckt und habe meinen Vorratskeller neu gemacht und auch durch den Ausbau einer Nebenkammer erweitert. Unten habe ich Fliesen gelegt, und jetzt sieht der „Weinkeller" fast wie eine Apotheke aus. Da hätte man jetzt den ausgeflossenen Wein auch vom Fußboden schlürfen können", und er lachte wieder wie früher. Und ich dachte: Sieh mal an, der hat tatsächlich diesen ganzen Kram gut weggesteckt. Er hat eine positive Einstellung zum Leben. Jeder spricht nur über die Dinge, die ihn selbst beschäftigen. Ich hingegen wollte noch Einzelheiten von der Festnahme der Häftlinge erfahren und kam nochmals durch gezielte Fragen auf dieses Thema zurück. Es wurde ein langes Telefongespräch.

Aus diesem Gespräch erfuhr ich einiges über die Festnahme der nunmehr vier verbliebenen Häftlinge, da einer von ihnen ja freiwillig aufgegeben hatte. Als man einsichtig wurde, dass kleinere losgeschickte Suchtrupps in den Bergen die geflohenen Häftlinge nicht wieder einfangen konnten, weil die schlauen Häftlinge den Soldaten immer wieder durch die Lappen gingen, hatte man sich endlich dazu entschlossen, eine Großfahndung einzuleiten. Es wurde, wie in einer Kriegssituation, ein Schlachtplan entworfen, der vorsah, dass von allen Seiten unten am Fuße des Gebirgsmassivs 300 Soldaten, geschulte Grenzjäger, die alle bis zu den Zähnen bewaffnet waren, durch eine lückenlose, geschlossene Kette den Aufstieg zur gleichen Zeit in Angriff nehmen und schrittweise vorgehen sollten, um die Häftlinge dann einzukesseln und sie zum Aufgeben zu zwingen. Es scheint fast so, als sei dieser Feldzug, der mit viel Aufwand betrieben wurde, zu überstiegen und zu übertrieben. (Dieses alles wurde in Bewegung gesetzt, um vier schon geschwächte Häftlinge wieder einzufangen.) Aber man durfte sich ja keine Blöße geben. Der Kampf zwischen diesen beiden kriegerischen Parteien sah etwas ungleich aus. Dort in den Bergen standen vier unterernährte Häftlinge und unten im Tal formierte sich eben eine Überzahl von 300 gut ausgerüsteten Gebirgs-jägern. Wenn man auch die Häftlinge, durch das, was sie an Schaden angerichtet hatten, nicht bedauern durfte, musste man sich doch eingestehen, dass dieses ein ungleicher Kampf war. Hier ging es nicht mehr ums Kräftemessen, sondern um Wiederherstellung der Ordnung, die nun durch vier Perso-nen ins Wanken geraten war. Das Oberkommando hatte ein hochrangiger Offizier, dem diese Mission als Beförderungs-aufgabe zugewiesen wurde. Schaffte er es innerhalb kurzer Zeit (sprich sieben Tagen) diese vier Ausreißer lebendig ein-zufangen - alles sollte ohne Gewaltanwendung geschehen - dann dürfe ihm auch der Dienstgrad eines Oberst-leutnants zugesprochen werden. Nach solchen „Sportwetten" gibt es immer auch Auszeichnungen und Beförderungen. Das Mili-tär, der Kriegs-Pardon, der Verteidigungsminister und die Generäle haben ohnehin schon ein verschrobenes Denken, das vom normalen Denken einer Durchschnittsperson ab-weicht. Bei diesem halsbrecherischen Einsatz war für den Kommandanten das einzig Unangenehme, dass er bei dieser geheimen Operation „Gipfelsturm" selbst live dabei sein musste, was ja auch nicht so schlimm war; aber dieser Ober-befehlshaber des 300 Mann starken Aufgebots war noch nie in einem solchen Einsatzgebiet, und leider war er etwas be-leibt und ohne sportliche Begabung. Vom Marschieren oder vom Bergsteigen oder vom Klettern hielt er überhaupt nichts, hat er doch bisher alle Einsätze vom Schreibtisch aus geleitet. Aber nun musste er mit dem „einfachen Fußvolk" (auch das noch) in die Berge ziehen und dieses zu seinem Leidwesen. Ja, er musste halt in den sauren Apfel beißen, wenn er eine Beförderung anstreben wollte. Die Kette der 300 Infanteristen ging langsam aber gründlich und vor allem geschlossen vor. Es wurde kein Baum und kein Strauch, aber auch kein Mauseloch unkontrolliert gelassen. Es wurden auch kein Felsvorsprung und keine Höhle ausgelassen, und wo nicht mit dem Tastsinn, so wurde doch mit dem Sehsinn alles durchforscht, um diese „Gewehrkolben-Zwerge", die Häftlingsmannschaft, den Vierertrupp wieder dingfest zu machen. Nach dem ersten Tag des Durchstöberns im unteren Teil des Gebirgsmassivs wurden die Soldaten- und Offizierszelte aufgeschlagen und trotz der so ernsten Mission, die es zu erkämpfen gab, stellte sich am Abend dieses anstrengenden Tages eine Art Geselligkeit ein, denn wer kann den Soldaten verbieten, sich nach einem Tag des Krieges am Lagerfeuer die Bohnenkonserve warm zu machen, die er dann mit Genuss auslöffelte und noch einen verbotenen Schluck Wein aus seiner Feldflasche trank. Wer konnte ihnen dieses feuchtfröhliche Abendessen am Lagerfeuer in der Bergwildnis verwehren. Niemand, denn die Vorgesetzten machten auch mit. Und wer ließ sich am meisten volllaufen: der Anführer dieser Soldatenhorde. Am nächsten Morgen musste der angehende Oberstleutnant auf einer Trage nach unten ins nächste Krankenhaus gebracht werden, und so kamen auch der Arzt und sein junger Sanitäter zum Einsatz in dieser schwierigen „Kampflage." Aus der Traum von der Beförderung und - auch so kann man es sehen - ein Mann weniger im Gefecht.

In der Zwischenzeit hatten sich die vier Sträflinge irgendwo in der Nähe einer Sennhütte auf dem Weg zum Kamm des Bergmassivs verschanzt, was so viel bedeutete, dass sie an verschiedenen Stellen Vorratskammern angelegt hatten, deren Vorräte natürlich alle geklaut waren. Sie lebten in Freiheit und mit der Hoffnung, noch lange Zeit diese Freiheit in den Bergen genießen zu dürfen. Sie wussten nicht, dass eine solche Großoffensive und solch eine pingelige Suchaktion angelaufen war, die es nur auf ihre eigene neu erworbene Freiheit abgesehen hatte. Sie waren sehr naiv zu glauben, dass man sie in dieser Höhenluft unbehelligt ließe, nur weil niemand den Mut habe, einen Krieg gegen geflohene Häftlinge in den Bergen zu führen. Und so lebten sie in freier Natur und lebten ein Loch in die Welt.

Aber nach nur vier Tagen hatte sich dann der Ring geschlossen, und die Vier, die von den Soldaten mit Gewehren im Anschlag umzingelt wurden, hatten aufgeben müssen. Einer der ausgebrochenen Häftlinge soll sich geäußert haben: „Das nächste Mal kriegt ihr uns nicht mehr, darauf könnt ihr Gift nehmen."

Aber dieses eine Mal hat genügt. Wie müsste man nun diese Sträflinge einsperren, damit sie nie wieder - bis zu ihrer urteilsgemäßen Entlassung - ausbrechen können?

Die Menschen haben Angst vor Häftlingen. Alle in Haft genommenen Personen, die etwas verbrochen haben, stellen eigentlich eine Gefahr für unsere Gesellschaft dar. Aber leider ist es so, dass diese Kriminellen sich selbst diese Unbeliebtheit und diesen Argwohn ihnen gegenüber zuzuschreiben haben. Sie haben sich selbst durch ihre Straftaten aus der Gemeinschaft ausgeschlossen. Sie haben sich selbst durch ihre Verbrechen ihrer persönlichen Freiheit beraubt. Sie haben das Beste, was sie hatten, ihre Freiheit verloren. Selbst eine gelungene Flucht kann ihnen die gewünschte Freiheit, die Freiheit vor der Straftat nicht zurückgeben.

So wie eine erkaufte Freiheit, ist auch die erzwungene Freiheit nicht von großem Wert und keine Freiheit. Wirkliche Freiheit muss andere, komplexere Voraussetzungen haben. Da muss man schon auf den angestaubten, aber nicht verstaubten J. W. Goethe zurückgreifen, der in seinem „Faust" sagt: „Nur der verdient sich Freiheit wie das Leben, der täglich sie erobern muss."

Auch heute noch, am Vorabend des ersten Schultages im neuen Schuljahr war ich nicht frei von diesen Gedanken, die um das Schullandheim, die Bedrohung durch die Häftlinge und die Äußerungen des kleinen Egon kreisten. Und morgen will ich mein Versprechen einlösen, nämlich meinen Schülern erzählen, welcher Gefahr wir im Schullandheim ausgesetzt waren. Und ich machte mir Gedanken darüber, wie von den Schülern diese Umpolung des Schullandheimaufenthaltes aufgenommen wird.

Der erste Tag des neuen Schuljahrs

Ein Morgen wie jeder andere auch in der Kette der Tag- und Nachtfolgen, wenn der Morgen bei mir und wahrscheinlich bei anderen Menschen auch die Funktion eines kleinen Starters hat, dessen Schlüssel erst im Schloss gedreht werden muss, damit das Fahrzeug „Mensch" anspringt und sich in Bewegung setzt. Dabei muss Kaffee eingetrichtert werden, denn dieser „Treibstoff" hilft am besten, die müden Glieder wieder gelenkig und gefügig zu machen.

Zum morgendlichen Ritual des Frühstücks gehört nicht nur das genießerische Einflößen der „schwarzen Brühe" sondern auch der eingeschaltete Radioapparat, der nebst Musik stündlich die neuesten Nachrichten aus der ganzen Welt und selbstverständlich auch aus unserem Land bringt, schön geordnet nach dem Prinzip der Bedeutung, die dem Ereignis, Vorfall oder der Nachricht beigemessen wird. Wieder erschütterte ein Erdbeben den Norden Japans, und wie so oft sind Schiffbrüchige in letzter Minute von einem Leck gerissenem Schiff gerettet worden, und im Inland waren sich schon wieder mal die großen Parteien in puncto Gesundheitsreform nicht einig. Aber dann eine Sondermeldung in den Nachrichten: „Wir fordern alle Bewohner der Stadt und Umgebung auf (gemeint war unsere Stadt), keinen wildfremden Menschen in einem Fahrzeug als Anhalter mitzunehmen oder als Gast in seinem Hause aufzunehmen, denn gestern ist es in den späten Abendstunden zwei Gefangenen gelungen, aus dem Hochsicherheitstrakt des Gefängnisses

„Steingraben" zu fliehen, indem sie den Wärter niederschlugen und sich des Schlüsselbundes bemächtigten. Zur Zeit ist es ungewiss, wo sich diese Sträflinge aufhalten könnten. Alle Fahndungsversuche sind bis jetzt erfolglos geblieben. Die Häftlinge sind bewaffnet und weiterhin flüchtig."

Obwohl dieser Fall, der Ausbruch der zwei Häftlinge aus einem Gefängnis, überhaupt nichts mit unserem Erlebnis im Schullandheim zu tun hatte, war ich davon doch zutiefst berührt. Es war plötzlich wieder alles da, es war alles wieder gegenwärtig, wieder saßen die fünf Häftlinge um das Lagerfeuer herum und warteten nur darauf, dass wir ihnen ins Netz gehen. Auch kleine Fische sind gute Fische. So hatte sich sehr rasch die Angelschnur von unserem Erlebnis zu diesem Ausbruch zweier Gefangener gespannt, sie hingen gedanklich an ein und derselben Angelschnur, zwar war es nur die Verbindung eines Nylonfadens, aber die Verknüpfung der Geschehnisse war da. Und irgendwie durchzuckte es mich. So also, wieder ist es ihnen gelungen aus einem, sogenannten „Hochsicherheitstrakt" zu fliehen. Was ist da los? Was ist - besser gesagt - hier faul an der Sache? Oder war es wieder nur reiner Zufall. Auch wenn es so ist, kann man nämlich nicht mehr ruhig schlafen. Auf alle Fälle wirkte es auf mich eher wie ein Schlag gegen die Geborgenheit, in der wir uns bisher wiegten. Und mit einem Mal hatte mich wieder die Angst mit ihren Krallen im Griff, ich hatte plötzlich Angst davor, die Schule am ersten Schultag des neuen Jahres nicht mehr zu erreichen.

Für uns Lehrer - ich spreche hier im Namen einer ganzen Berufsgruppe - sind der erste und der letzte Schultag die schwierigsten Tage. Das weiß man, denn die beiden Extremtage sind Anschnitt und Abrundung eines ganzen Schuljahres, und dazwischen liegen die alltäglichen Schultage, die einen gleichen oder ähnlichen Verlaufsrhythmus haben. Außenstehende können dieses nicht nach-vollziehen, und überhaupt gibt es viele, die uns falsch einschätzen und uns nur der Ferien wegen beneiden. Wir Lehrer erfreuen uns bei unseren Mitmenschen keines guten Rufes, weil wir es den Eltern unserer Schüler nie Recht machen, wir hören nicht auf ihren Rat, wir lassen uns nicht manipulieren. Die Eltern wollen es in allem entweder anders oder besser machen, obwohl sie von Pädagogik und Didaktik so gut wie nichts verstehen. Leider kann auch diese, meine Geschichte vom Schullandheim unseren Ruf, der uns vorauseilt, nicht aufwerten, dazu reicht auch das gut gemeinte Verständnis, das man dieser Angelegenheit entgegenbringt, nicht aus. Wir Lehrer haben nicht wie die Ärzte einen hippokratischen Eid geleistet, aber wir sind mit unserem geleisteten Schwur näher an dem Menschen als manch ein Arzt. Dieses wird wohl sehr überheblich klingen, aber wir fühlen uns für Menschenleben genauso verantwortlich wie die Ärzte. Ja, allerdings bei einem unterlaufenen Fehler sind die Folgen beim Arzt deutlich verhängnisvoller und nicht mehr korrigierbar, was bei den Lehrern aber immer noch durch eine Korrektur verändert werden kann. Lorbeeren erntet aber nur der Sieger auf dem Podest, derjenige aber, der um Höchstleistung bestrebt ist und nur auf dem undankbaren vierten Platz landet, geht leer aus. Oft zerfließt uns der unausgesprochene Dank in den Händen. Ich möchte nicht für den Lehrer eine Lanze brechen oder doch? Ich möchte nur weg von diesem Image, dass ein Lehrer nur hoch zu Ross sitzt, dass er feriensüchtig ist und dass er ein Idealist ist. Diese Einschätzung eines Lehrers ist die falsche. Ich möchte den Lehrer auch nicht in den Himmel heben, aber wenn einer Einfluss auf ein heranwachsendes Kind hat und dieses in seinen Vorzügen bestärken kann, so ist es sein Lehrer.

Für mich ist die Schule ein großes Aquarium, in dem wir Lehrer wie große Zauberfische mit unzähligen Flossen die schwierigsten und schwungvollsten Schwimmübungen ausführen, nur um unsere kleinsten Fische in unserer Unterwasserlandschaft zu beheimaten, um das vorzuzeigen, was unsere farbige Unterwasserwelt so lebenswert macht. Die Anpassungsfähigkeit unserer Fischlein ist sehr verschieden, aber für alle bieten wir ein Zukunftsmodell an, dem sie nacheifern können. Wir sind nicht die großen Haie, die leider auch zu unserer Welt gehören, aber wir sind auch nicht die glatten Aale, die einem beim Anfassen immer wieder entgleiten. Wir sind jene Fische, die viel zu oft stillhalten müssen, um Sauerstoff zu tanken. Unser plötzliches Auftauchen erschreckt keinen unserer Fischleinschüler, aber unser plötzliches Wegtauchen bemerkt auch keiner. Es ist, als ob wir immer wie selbstverständlich da sind, in allen Lebenslagen, wo wir vorzeigen, vorschwimmen und verschwinden aus dem Leben der Unterwasserlandschaft.

Eines der wichtigsten Lehrergebote ist: Du sollst dein Versprechen halten. Das, was du Schülern versprochen hast, wenn du dir auch hinterher Rechenschaft gibst, dass es voreilig und unbesonnen war, sollst du konsequent einhalten, auch dann, wenn es dir manchmal verdammt schwer fällt. Schüler nehmen dich als Lehrer immer beim Wort, was auch recht ist, denn das Wort eines Lehrers sollte Gewicht haben.

So saß ich nun am Frühstückstisch. Ich hatte mir dafür Zeit genommen. Auch am Morgen des ersten Schultags sollte keine Hektik aufkommen. Ich überlegte, wie ich nun meinem Versprechen nachkommen sollte, das ich vielleicht auch ein wenig leichtfertig oder zu euphorisch gegeben habe, etwa im Wortlaut: „Wenn die Schule wieder beginnt (gemeint war der erste Schultag), werde ich euch eine interessante Mitteilung machen" (gemeint war die Enthüllung des Geheimnisses, das ich das ganze Schullandheim über für mich gehütet hatte, nämlich dass wir einer großen Gefahr ausgesetzt waren, die von fünf aus einem Gefängnis ausgebrochenen Sträflingen ausging). Und ich dachte, versprochen ist versprochen, jetzt kann ich mir keinen Rückzieher mehr leisten. Aber ich überlegte weiter, vielleicht hatten meine Schüler diese Vorankündigung einer Mitteilung schon längst vergessen, vielleicht ist diese im Jubel und Trubel der Ankunft untergegangen. Oder, fragte ich mich, sollten meine Schüler wirklich glücklicher sein mit dieser Enthüllung, sollte dadurch das Schullandheim aufgewertet werden und an Spannung und Originalität gewinnen? Sollten sie das überhaupt begrüßen, dass ich plötzlich ihr „geliebtes

Schullandheim" - denn dass es ihnen Spaß machte, steht
außer Zweifel - in einem anderen Licht, in einer anderen
Fassung darstelle. Sollten sie es überhaupt verstehen, welcher
Gefahr wir alle überhaupt ausgesetzt waren und vor allem,
was ihr Lehrer gelitten hatte, welchen inneren Kampf er aus-
zustehen hatte und wie viele Ausreden und Ausflüchte
(sprich Lügen) er verwenden musste, um die Gemüter zu
beschwichtigen? Was soll das?

Muss das sein, muss immer die Wahrheit den Durch-
bruch machen, die Oberhand haben, Oberwasser gewinnen?
Muss immer im Leben die Wahrheit siegen? Warum darf
nicht auch einmal die Lüge den Stellenwert einer Wahrheit
einnehmen? Warum sollte nicht einmal im Leben eine Notlüge mehr Freude bereiten als eine schwer zu begreifende
Wahrheit, die einem womöglich noch das Traumschloss
zerstört, den Traum vom Erlebten zunichte macht? Es ist
leider immer das gleiche, wir dürfen von Traditionslebens-
modellen nicht abweichen. Es ist nur das richtig, was mora-
lisch und ethisch vertretbar ist, was in unseren Köpfen als
der „wahre Weg" gespeichert ist.

Also, ich rekapituliere in Gedanken: Nehmen wir an, ich
lasse die Bombe platzen. Ich weiß ja gar nicht, ob sie zündet
oder nicht. Ich lüfte das Geheimnis, und da sehe ich in fins-
tere Gesichter und fühle vorwurfsvolle Blicke auf mich ge-
richtet. Die Schüler blicken mich stumm und gehässig an,
und einer schreit: „Alles erstunken und erlogen." Und manche Schüler schließen sich dieser Meinung an und sagen:
„Unser Schullandheim war Spitze. Wir haben uns niemals

bedroht gefühlt. Und wenn auch diese fahnenflüchtigen Soldaten aus einer Kriegslandschaft ausgebrochen sind und wieder nach Hause wollten, dann ist das nur in Ordnung. Uns jedenfalls haben sie nichts zu Leide getan. Wir lassen es nicht zu, dass diese fünf Kettensträflinge unser Schullandheim beschmutzen. Wir können sehr gut auch ohne diese Sensation auskommen. Und was kümmert es uns, ob sie tatsächlich ihre Umwelt bedrohten. Sie haben uns nicht belästigt. Sie haben uns nichts getan. Wir haben sie gar nicht gesehen. Wir wollen auch nichts mit ihnen zu tun haben. Wir wollen unser Schullandheim als Erinnerungsstück in uns tragen, ohne diese Sträflinge. Wir wollen kein anderes Schullandheim haben als das, das wir hatten. Bitte, nur ja keine Sträflinge, denn die erinnern an ein Gefängnis; wir hingegen suchen die Freiheit. Wir haben ein tolles Schullandheim erlebt und wünschen uns kein anderes; wir wollen es nicht hergeben für billige Pointen mit Gefangenen, die aus dem Knast ausgebrochen sind. Wir wollen unser Schullandheim für keine andere spannende Erlebniswelt hergeben, und wir bestehen darauf, dass dieses Schullandheim unverändert in unserer Erinnerung bleibt mit den vielen Späßen und Spielen."

Dann müsste ich wieder von einer Notlüge Gebrauch machen: „Ich bitte vielmals um Entschuldigung, es war ja nur ein Scherz. Das stimmt doch alles nicht mit diesen geflohenen Häftlingen, da wollte ich euch nur auf die Probe stellen und sehen, wie ihr auf so ein Umfunktionieren eines Erlebnisses reagiert." Aber die Schüler werden rasch antworten: „Lieber Herr Lehrer, uns ist nicht nach Scherzen zumute, nicht jetzt und haben Sie das kapiert, wir scherzen dann, wenn wir es wollen. Punkt."

Nun ja, das ist ein uraltes Problem: Der Kampf zwischen Lüge und Wahrheit, und dieser Kampf ist fast ein unendlicher Krieg, der niemals entschieden wird.

Wir alle kennen ja die sehr verbreitete Geschichte von der Lüge, die noch so fein gesponnen, zu kurze Beine hat, nicht davonlaufen kann und gestellt wird und irgendwann doch ans Tageslicht kommt. Aber wir kennen auch die Geschichte der Wahrheit, die immer schlecht abschneidet, weil sie sich im Leben nie durchsetzen kann und weil die Wahrheit einfach unbeliebt und unbequem ist, niemand will wirklich mit der Wahrheit konfrontiert werden.

Aber die Geschichte von der Lüge und der Wahrheit, die kennen Sie nicht, lieber Leser, denn diese Geschichte ist unbekannt.

Die Wahrheit war weit und breit das schönste Mädchen und hatte ein menschliches Antlitz. Wer die Wahrheit sah oder wem die Wahrheit erschien, der hatte nichts zu befürchten und der konnte in Ruhe und Frieden mit einem reinen Gewissen und einer reinen Weste leben, denn es gab ja keinen Widersacher, niemand der überhaupt die Wahrheit anzweifelte und niemand, der sie anfeindete. Ja, die Wahrheit war da, um die Menschen glücklich zu machen, um sie zu erfreuen, um ihnen das Gefühl zu geben, im Leben den rechten Weg zu gehen. Die Wahrheit hatte sehr viele Eigenschaften, die sie in den Rang einer Gottheit erhob, aber ihre wichtigste Eigenschaft war ihre Menschlichkeit. Dieser hatte sie sich für immer und ewig verschrieben, und damit hatte sie sich aber verpflichtet, den Menschen zu dienen.

Eine weitere Eigenschaft war jene, die ihren Alterungsprozess bei 21 Jahren gestoppt hatte. Sie war dem Aussehen nach eine hübsche junge Frau, hatte aber die Erfahrung und die Weisheit eines weisen Mannes.

Auch die Eigenschaft der Transparenz hatte sie. Die Wahrheit konnte sich hier und dort aufhalten, ohne von den Menschen wahrgenommen zu werden. Menschen sahen durch die Wahrheit hindurch wie durch eine Klarsichtfolie. Sie war zwar anwesend und registrierte den Inhalt eines Erlebnisses, aber sie war unsichtbar.

Als negative Eigenschaft der Wahrheit galt, dass sie sich selbst nicht verändern konnte, also blieb sie konstant und durfte keine Änderung und keine Umwandlung in etwas anderes erfahren. Sie blieb für immer die unabänderliche Wahrheit.

So, mit solchen Eigenschaften ausgerüstet, schwebte sie einer Gottheit gleich, aber gut verstanden als menschliches Wesen durchs Leben und war immer ihren Aufgaben gewachsen, den Menschen das Gefühl zu geben, dass sie das Richtige, das Wahre im Leben tun. Aber auch die Wahrheit war nicht von Krankheit, wie alle Menschen auch, verschont geblieben. Denn die Krankheit hatte Gott den Menschen gegeben, um ihre Gebrechlichkeit und ihre Unzulänglichkeit zu demonstrieren. Krankheit kann den Lebensfaden abschneiden, muss ihn aber nicht; sie kann auch nur eine Störung, eine Warnung im Leben eines Menschen bedeuten. So kam es, dass die Wahrheit krankte, dass sie trotz ihrer vielen positiven Eigenschaften eine Krankheit hatte, die sie nach menschlichem Ermessen zu einer Behandlung in einen Kurort führte. Die Wahrheit wählte sich das berühmte Bad in Wangara, wo die besten Ärzte der Welt im Einsatz waren. Das hatte sich natürlich herumgesprochen, so dass sich in diesem Thermalbad auch andere Prominente aufhielten, die alle nur den einen Wunsch hatten, als gesunde Wesen diesen Aufenthaltsort zu verlassen. Da war beispielsweise die Eifersucht, die an einer Leberentzündung litt, und da war der Hunger, der seiner Gefräßigkeit wegen zur Behandlung kam, und die Macht war auch schon seit längerer Zeit hier eingeliefert, weil sie einfach keine Grenzen finden konnte, und die Habgier wurde behandelt, weil Gold ihre Gier nicht mehr stillen konnte. Aber einer, der fast keine Beachtung fand, obwohl er das Erscheinungsbild eines stattliche jungen Mannes hatte, war der freundliche Herr, der sich bei Frau Wahrheit als Herr Lüge vorstellte. Woran er denn leide, wollte die junge Frau Wahrheit wissen. Und Herr Lüge antwortete, er leide da-runter, im Leben immer verkannt zu werden, sein Image sei das eines Betrügers, der er aber nicht sei. Er argumentierte weiter, ohne seine eigentliche Aufgabe im Leben zu verheimlichen, dass sein Werkzeug das Lügennetz sei, mit dem er aktiv die Menschen einfange, aber dass er auch, wie Frau Wahrheit, den Menschen helfen wolle, indem er ein eifriger Verfechter der Notlüge sei. Die Wahrheit, meinte er, sei manchmal viel zu hart und zu verletzend, besonders dann, wenn man diese einem Menschen ins Gesicht schleudert oder diese ihm auf seinen Kopf zusage. Herr Lüge hingegen handle sehr diplomatisch, indem er dem Menschen eine hilfreiche Notlüge gibt, die zwar eine Lüge ist, aber die den Menschen vor harten Schicksalsschlägen einen Schutz bietet. Und hier liege auch der Haken, wie sich Herr Lüge weiter äußerte, dass die Menschen oftmals seine Lügen missachten und einfach derbe und banale Lügen nach eigenem Gutdünken verwenden, die dann Herrn Lüge in Verruf bringen und ihn zum Betrüger stempeln.

Beim Sich-näher-Kennenlernen der beiden, von Frau Wahrheit und Herrn Lüge, stellten beide zweifelsohne eine große Gemeinsamkeit in ihrem Aufgabenbereich fest: Beide waren darauf bedacht, den Menschen zu helfen, die eine durch die nackte Wahrheit, der andere durch die rettende Notlüge. Und wo einmal solch eine große Gemeinsamkeit gegeben ist, kann diese die Grundlage einer Ehe werden, die Basis, auf der dann im Laufe der Zeit aufgebaut wird. Sagen wir es so, es fand zwischen Frau Wahrheit und Herrn Lüge eine Vernunftehe statt, die zum Erstaunen aller sehr rasch und ohne die übliche vollständige Hochzeitszeremonie geschlossen wurde, obschon viele hinterher behaupteten, noch nie im Leben ein solch schönes Paar vor dem Traualtar gesehen zu haben. Sie ganz in Weiß mit einem Blumenstrauß, die Unschuld in Person, und er ganz in schwarz mit einem blütenweißen Hemd und weißer Fliege, die schwarze Magie in Person, zwei Menschen, die sich auf Grund ihrer Lebensaufgabe das Jawort gegeben haben, eine schwarzweiße Vereinigung, ein schwarzweißes Bild, das schwarz auf weiß eine einmalige Verschmelzung der Wahrheit mit der Lüge darstellte.

Vor der Hochzeit wurde zwischen Wahrheit und Lüge auch ein Ehevertrag aufgesetzt, der einige Grundregeln beinhaltete. Einer dieser Punkte bezog sich auf die Unantastbarkeit des Beschäftigungs- und Aufgabenkreises, wo die selbstständige Entscheidung von Wahrheit oder Lüge respektiert werden sollte, ohne eine Beeinflussung des einen oder anderen. Und anfangs lief auch alles sehr gut, denn ob Lüge oder Wahrheit, das blieb zwar unterschiedlich aber in einer Familie. Aber wie die Ehe so ist, leidet auch diese unter einer gewissen Abnützung, der Alltag ist zu nüchtern, die Abende sind zu monoton, und schon nach kurzer Zeit blieb Herr Lüge Abende oder gar Tage von zu Hause weg, unter dem Vorwand, geschäftlichen Verpflichtungen nachkommen zu müssen. Die Wahrheit zog sich in ihr Schneckenhaus zurück und sagte sich, dass es ein Fehler gewesen sei, mit der Lüge einen Bund einzugehen, weil das Lügengehäuse immer ein Filigran ist und bei dem kleinsten Wahrheitsstoß zusammenbricht. Beide haben sich entfremdet und auf lügnerische Weise hat Herr Lüge nach zackigen Seitensprüngen eine andere Frau erobert, die seinen lügnerischen Fallen und Nachstellungen besser auf den Leim ging. Nach der Scheidung von Frau Wahrheit ging Herr Lüge eine Verbindung mit Frau Scheinheiligkeit ein, die erst die Lüge zum bewussten Einsatz brachte und immer den Schein wahrte. Seit dem wird überall die Lüge absichtlich als Waffe eingesetzt, um sich gegen die Wahrheit zur Wehr zu setzen, und wenn man heute fragt, wer der Stärkere von beiden ist, so muss man eingestehen, dass es die Lüge ist, die manchmal auch die nackte Wahrheit verletzt. Deshalb ist es heute in unserem Leben so schwer, die eigentliche Wahrheit zu finden. Und wer sich auf Wahrheitssuche begibt, muss damit rechnen, dass er diese unter Umständen nie finden wird.

Gedanklich traf ich mit mir selbst folgende Vereinbarung: Wenn niemand sich daran erinnert, dass ich auf dem Rückweg aus dem Schullandheim eine Bemerkung fallen ließ, die eine Ankündigung einer Aussage über unser Schullandheim sein sollte, so lasse ich auch davon nichts verlauten. Wenn ja, dann muss ich eben in den sauren Apfel beißen und zu meiner Aussage auch stehen, mit dem Risiko manch ein Kindergemüt vielleicht auch zu verletzen. Andererseits hatten meine Schüler auch ein Recht auf die volle Wahrheit, nach dem Motto: „Ein glücklicher Ausgang eines gefahrvollen Schullandheims." Ich überließ wiedermal dem Zufall meine Entscheidung. Von diesem Entschluss gestärkt, angelte ich meine Umhängetasche neben meinem Schreibtisch und trat ins Freie.

Was für ein Herbsttag dieses ist, noch frisch und jungfräulich am Morgen, der kurze Weg bis zur Garage mit bunten Herbstblättern gepflastert. Der Ausblick von der Front meines Hauses auf die im Hintergrund sich abzeichnende Gebirgskette ist einfach eine Ansichtskarte mit goldgelb leuchtenden Fingerkuppen auf den Bergspitzen, dem strahlenden Gesicht einer vor kurzem aufgegangenen Sonne, die

Stille und Ruhe in der erstarrten Landschaft. Die Natur hält ihren Atem an. Eine ruhende Spielzeugwelt und doch so verführerisch greifbar nahe. Welch ein Widerspruch des jetzigen Landschaftsbildes zu einer durch Menschenhand bedrohten Welt. In Frieden ruht die Welt, die voller Gefahren ist. Dieses ist leider ein fadenscheiniger Frieden, vielleicht auch gehören Frieden und Bedrohung durch Menschenhand zusammen, ein Ball der mit dem Queue am Billardtisch hin und her gespielt wird und niemals still steht.

Meine Augen wurden zum Feldstecher. Ich fixierte mein Auge mit Vergrößerungsobjektiv auf den Berg, den wir im Schullandheim besucht hatten, und mit ein wenig Fantasie konnte ich einen leuchtenden Punkt, so groß wie ein Stecknadelkopf erkennen. Es war genau der Punkt, den der kleine Egon mir unter dem Siegel der Verschwiegenheit gezeigt hatte. Und plötzlich war das ganze aufregende Bild in mir gegenwärtig: die fünf Häftlinge, die um das Lagerfeuer in benebeltem Zustand saßen und ihre erzwungene Freiheit in reichem alkoholischen Genuss zelebrierten. Es war deutlich, dass das Bild, wenn auch nur für Bruchteile von Sekunden und damit wieder dieses komische drückende Gefühl im Magen, die Angst personifiziert in diesen fünf Verbrechern, die durch ihr Freiheitsbedürfnis ihre Umwelt unsicher machten. Ich konnte mit einem leuchtend gelben Textmarker den Punkt auf dem Naturbild ankreuzen, wo sich die Schutzhütte, bedroht von Geisterhand, befand. Ich zeigte, hoffentlich von niemandem beobachtet, mit dem Finger in diese Richtung und sagte zu mir selbst: Dort hielten wir uns auf, dort lagen die Nerven blank, dort wird vielleicht ewig ein Lagerfeuer brennen, das ich nicht löschen kann, und dann ist es leider kein olympisches Feuer.

Meinen Wagen parkte ich am Schulparkplatz und stand nun vor der alten ehrwürdigen Schule, die in neuem Glanz erstrahlte, weil im Sommer, in den großen Schulferien, Renovierungsarbeiten innen und außen durchgeführt worden waren.

Ich stand vor dem alten Schulportal und staunte. Ich hatte trotz des Betretens des Schulgebäudes jahrein-jahraus niemals wahrgenommen, dass über dem Türrahmen der Eingangspforte ein Blumenkranz in Stein gemeißelt war mit hängenden Girlanden zu beiden Seiten des Türrahmens. Aufgefallen ist es mir erst jetzt, nachdem der Türrahmen und auch der Blumenkranz einen neuen Anstrich bekommen hatten. Bis dahin war es mir nie aufgefallen, und es blitzte in meinem Kopf: Aha!, das ist der Brechtsche Verfremdungseffekt. So also funktioniert der, allerdings etwas komplexer auf der Bühne. Wie sehr ich diesen Schriftsteller, Dramaturg und Dichter verehre und welch ungeahnte Möglichkeiten er mit seinem epischen Theater geschaffen hat. Und die Angst, wie hat er diese Kralle Angst in seinen Werken zum Ausdruck gebracht? Galileo Galilei sagte im „Leben des Galilei": „Sie haben mir die Folterinstrumente gezeigt." Da muss man doch Angst haben oder nicht, wer hat da nicht Angst davor und wer muss da nicht widerrufen. Muss man immer widerrufen, wenn man Angst hat? Kann man als Mensch diese Angst nicht unterdrücken, sie besiegen, diese innere Kralle Angst? Wovor hat der Mensch eigentlich Angst, vor dem Tod oder auch vor dem Leben? Ich glaube, er hat vor alldem Angst, was sein Leben und seine Fortpflanzung bedroht. Die Angst steht ihm immer dann im Gesicht geschrieben, wenn etwas auftaucht, was sein Leben beenden könnte, eine Macht oder Gefahr, der er nicht gewachsen ist. Er hat vor all dem Angst, was sich ihm im Vorwärtsgehen entgegenstellt. Er will weiter, immer weiter, über Hindernisse hinweg steigen, um sein Ziel, welches dieses auch sei, zu erreichen.

Ich betrete gut gelaunt, vielleicht auch ein wenig übertrieben fröhlich, das Lehrerzimmer. Alles freundliche, bekannte Gesichter, in die ich blicke, Kollegen, die mir gut gesinnt sind, die mit mir am gleichen Strang ziehen. So hat der eine oder andere auch ein gut gemeintes Wort zur Begrüßung für mich übrig und schlägt mir freundschaftlich auf die Schulter. Man wird gefragt: „Na, und wie waren die Ferien, wie war der Sommer?" Ich hätte am liebsten geantwortet: „Der Sommer war sehr groß", aber ich glaube, dass mit dieser Antwort niemand etwas hätte anfangen können, es sei denn, er kennt den „Herbsttag" von R. M. Rilke. Ich wäre bestimmt auf Unverständnis gestoßen und vielleicht auch, durch meine poetische Ader, hätte ich mich, weiß Gott, bei meinen Kollegen nicht gerade beliebt gemacht, auch unter Lehrern darfst du nicht den Gebildeten hervorkehren, sonst wirst du als Klugscheißer verschrien. Und so mussten eben die üblichen Floskeln für eine entsprechende Antwort herhalten. Der Hände war nun genug geschüttelt worden und auch geistreiche Eindrücke genug ausgetauscht worden. Die Schulglocke läutete. Auch dieser Glockenton gehört zu meinem Leben. Was ist dieser Ton, dieses Signal? Ein Ruf zur Arbeit, ein aufmerksam machen, dass die wissbegierigen Schüler auf ihren Lehrer warten, ein Zeichen, dass es ernst wird, dass es heißt, Wissen weiterreichen an diejenigen, die bald unser Schiff des Landes steuern werden. Es ist ein mir vertrauter Glockenton, der nicht nur mir, aber auch mir gehört. Die Schulglocke läutete und läutete das neue Schuljahr ein. Jetzt beginnt wieder der Ernst des Lebens für Schüler und Lehrer. Ich ging geneigten Hauptes in das mir bzw. der jetzigen 8a zugewiesene Klassenzimmer. Schon an dem wirren Durcheinander mir bekannter Schülerstimmen am Korridor wusste ich, dass ich wieder zu Hause bin. Ja, richtig gehört, die Schule ist mein zweites Zuhause. Und wenn ich eben nicht in meinen eigenen vier Wänden bin, dann muss ich, die Ferien ausgenommen, in meiner Schule zu finden sein. Auf meinem Weg zu dem Klassenzimmer meiner Klasse begleitet mich wie nie zuvor die Angst. Warum und wieso das so kam, weiß ich nicht, aber die Angst heftete sich mir an die Fersen. Sollte diese Angst eine Reminiszenz aus dem Schullandheim sein, wo sie eigentlich auch ständig gegenwärtig war und nicht von meiner Seite wich? Es heißt ja, Angst sei ein Symptom und nicht eine Krankheit. Doch wenn sich ein Symptom Tag und Nacht meldet, so muss das doch ein krankhafter Zustand sein. Sollte mir das Schullandheim so arg zugesetzt haben, dass ich in eine psychische Krankheit hinein geschlittert bin? „Brrr", ich schüttele mich, nein, soweit darf das gar nicht gekommen sein. Ich überlege, wann gab es noch bei mir Zustände, die von Angst begleitet waren. Ja richtig, der Traum der letzten Nacht, ein immer wiederkehrender Traum, den ich auch schon vorher öfter geträumt hatte, aber diesmal so deutlich, so gestochen klar, als sei es die Wirklichkeit selbst: Ich laufe auf einem gepflasterten breiten Weg und versuche, einen raschen Lauf hinzulegen, aber es gelingt mir nicht, nur ein Lauf im Zeitlupentempo. Und ich frage mich: „Wohin beeilst du dich, sollst du in die Schule laufen?" „Du musst dich nicht hetzen, die Schüler warten bestimmt auf dich, zwar ungeduldig, aber sie warten", sagt eine Stimme in mir. Der Weg ist von Ahornbäumen zu beiden Seiten gesäumt, von Bäumen mit leuchtend gelbem Blattwerk. Es ist ein strahlender Herbsttag, an dem ich meinen Lauf über die gepflasterte Straße gestartet habe, von dem ich nicht weiß, wohin er mich führen wird. Und ich laufe nicht im Jogginganzug sondern in Festtagskleidung mit umgebundener Krawatte und hellblauem Hemd und in der rechten Hand meine Schulaktentasche, die einen Umhängeriemen hat, der beim Laufen hinderlich ist und den Boden streift, aber ich laufe unverdrossen an diesem heiteren Herbsttag weiter und immer weiter, bis ich zu einer Weggabelung komme, wo die breite Allee zwei Wege anzeigt, einer nach rechts, der andere nach links, und da bin ich schon bestürzt, weil mein Lauf ja orientierungslos ist und ich keinerlei Vorhaben kenne und auch kein Ziel angesagt ist. Also, ich muss eine blitzschnelle Entscheidung treffen, und ich wähle den rechten Weg, das heißt, rechts laufe ich einen Bogen und frage mich, ob ich richtig gehandelt habe, dass ich „rechts" gewählt habe, denn links würde ja der Weg in den Kommunismus führen, hin ja nicht, aber rechts ist der Kapitalismus und der ist auch nicht das Gelbe vom Ei, der propagiert zwar die Demokratie, lässt aber in Wirklichkeit nur die Menschen mit Kapital, sprich die Reichen leben, da ist doch für mich als einfacher Lehrer kein Platz. Am liebsten wäre ich auf dem mittleren Weg geblieben, aber den gab es ja nicht. Immer ist es im Leben so, dass du zwar die Möglichkeit der Wahl hast, aber in Wirklichkeit ist dir doch alles vorgegeben, du darfst dich zwischen zwei Möglichkeiten entscheiden, von denen du im Vorhinein weißt, dass keine die richtige ist. Was soll's, meine innere Triebfeder diktierte mir den Weiterlauf, und ich bog rechts ab, indem ich schön eine Rechtskurve nahm, und ich war überrascht, dass sich mein Weg deutlich verschmälert hatte und zu beiden Seiten statt der gelben Ahornbäume nun ein schwarz gestrichener Gitterzaun war wie bei der Umzäunung eines Gefängnisses mit Maschendrahtzaun. Und plötzlich war ich auch schon in einem Gefängnishof und strebte im Lauf dem Hauptgebäude zu. Ich lief durchs Hauptportal hindurch über einen engen Korridor und kam in einen Gerichtssaal, in dem an einem Rednerpult ein Richter in seiner roten Amtstracht mit einem Holzhammer in der Hand stand, zum Schlag aufs Pult ausholend. Bestürzt stoppte ich plötzlich meinen Lauf und blieb einige Meter weit davor entfernt vor dem obersten Richter stehen, der mit großer Entschlusskraft seinen Holzhammer aufs Pult niedersausen ließ, so dass dieser Schlag einen ohrenbetäubenden Krach machte. Mir schoss es aber durch den Kopf: Der hier in seiner Amtskleidung vor seinem Pult stand, hatte das Aussehen unseres christlichen Gottes; hätte ich ein Bild von Gott malen müssen, so hätte ich Gott wie diese Richtererscheinung abgebildet mit den schlohweißen Haaren und dem weißen Bart, die sein längliches, ovales Gesicht einrahmten, mit den funkelnden und blitzenden Augen, mit dem beherrschten Aussehen, das eigentlich keine Gefühlsregungen preisgab. Er war es; er war es in leibhaftiger Erscheinung: Gott als der oberste Richter, die oberste Instanz, die über Leben und Tod jedes einzelnen Menschen entschied. Und ich dachte bei mir: So, also es war nicht ein Zufall, dass ich diese Rechtskurve im Lauf nahm und den rechten Weg verfolgte, nein das war kein Zufall, das war eine Fügung Gottes, die Absicht des höchsten Gerichts, die mich zu sich zu einem Urteilsspruch berief, das war gezwungenermaßen eine Verurteilung, der ich mich willenlos fügen musste. Und richtig, nachdem der Hammer niedersauste, war sozusagen mein Urteil besiegelt, aber noch nicht ausgesprochen. Der Richter, von dem ich annahm, er sei Gott, richtete deutliche Worte an mich: „Angeklagter, du bist zum Tode verurteilt!" Ich hörte deutlich diesen Urteilsspruch und fuhr erschrocken zusammen, ich gab eine klägliche Figur, eine geschrumpfte Gestalt ab. Ich war nicht mehr der stolze, von allen geachtete und mutige Sportlehrer, ich war ein Haufen Unglück, der sich einfach nicht zur Wehr setzen konnte. Trotzdem traute ich mich, entrüstet über dieses Urteil, zu fragen: „Warum, ich habe doch nichts getan?" Aber der Richter lachte hämisch (er zeigte also doch menschliche Regungen) und antwortete: „Gerade deshalb bist du zum Tode verurteilt, weil du nichts getan hast. Angeklagter, du hast dein Leben vertan!" Ich wollte noch etwas entgegnen, aber die Worte blieben mir unartikuliert in der Kehle stecken. Es war nicht zu fassen, ich wurde verurteilt, weil ich im Leben nichts Nennenswertes geleistet habe.

Ich öffnete weit den Mund, und ein Schrei löste sich von meinen Lippen, ein Schrei des Entsetzens, des Unfassbaren, aber es war niemand mehr da, der diesen Verzweiflungsschrei hätte hören können, denn der Richter war in einer Rauchwolke entschwunden. Ich stand allein in dem großen Gerichtssaal, allein mit mir selbst und meiner Todesangst, und ich schaute auf meine Hände und dachte, diese Hände haben einfach versagt, sie haben nichts Bleibendes hinterlassen, nichts getan, zu dem man anerkennend sagen könnte, dass ich etwas für die Nachwelt geschaffen hätte, und was hätte dieses auch sein sollen? Ich wusste es nicht. Ich blickte zum Himmel auf und fragte: „Soll dieses die große Gerechtigkeit Gottes sein?"

Da wachte ich auf. Ich war schweißgebadet, mein Schlafanzug klebte an meinem feuchten Körper. Ich wischte mir mit dem Jackenärmel des Pyjamas die Schweißperlen von der Stirn, und ich sah jetzt wieder, nachdem ich hellwach war, meine Hände an und fragte mich, ob diese wohl tatsächlich nichts getan haben, was man von einem guten Erdenbürger erwartet. Ich musste unter die Dusche, es klebte alles an mir, ich musste mir auch den Traum von der Stirn spülen. Sollte überhaupt noch Zeit sein im meinem Leben, um etwas Sinnvolles zu tun? Ich kam da ins Grübeln und fragte mich, was eigentlich der Lebenssinn ist für mich, für uns Menschen. Hat jeder Mensch seinen eigenen oder gibt es Kategorien von Menschen mit einem gemeinsamen Lebenssinn, oder gibt es einen vorgeschriebenen, diktierten Lebenssinn, vielleicht einen, den man überhaupt annehmen muss, wenn man leben will? Vielleicht auch wäre es besser, wenn es keinen Lebenssinn für uns Menschen gäbe, als einen, dem ich nicht zustimmen könnte, der überhaupt nicht in mein Lebenskonzept passt.

Der Weg zum Klassenzimmer in die 8a, wo meine Schüler mich erwarteten, war lang, denn ich musste zunächst zwei Stockwerke höher steigen und dann den langen Korridor bis zum Gebäudeende gehen, wo dann linker Hand der letzte Klassenraum der gesuchte war. Kein Wunder, dass jagende Gedanken mich einholten. Ja, ich hatte Angst, eine mir unerklärliche Angst schob sich mir unter die Haut, und ich spürte diese auch, sie fühlte sich wie das Vibrieren eines eingeschlafenen Armes an, der wieder durchblutet wird. Wovor hatte ich Angst, ich der sonst immer mutig in der ersten Reihe des Gefechtes stand? Vielleicht hatte ich auch Angst vor mir selbst, so als könne ich meine Gefühle, meine Beherrschung nicht mehr unter Kontrolle halten. Es war so, dass ich eigentlich die Wahrheit über das Schullandheim einfach nicht mehr für mich eingesperrt in mir behalten wollte, sondern diese allen, der ganzen Welt herausschreien wollte, nur um mich von dieser Last zu befreien.

Ich öffnete vorsichtig die Klassentür, so als ob ich mich auf das Schlimmste gefasst machen müsste. Und wenn ich zunächst an der Türe horchte, wie es sich im Klassenzimmer anhöre, wobei schon lautes Gemurmel zu vernehmen war, so wurde es, als ich die Türklinke nieder drückte, plötzlich ganz still, so wie wenn die Schüler eine hochgestellte Persönlichkeit erwarteten. Und wieder machte sich in mir dieses beklemmende Gefühl bemerkbar, das sich mir bei Erregung immer gleich auf den Magen schlug.

Die Schüler standen ruckartig und synchron zum Gruß auf, so wie es der Anstand verlangt; also hatten sie, was Manieren anbelangt, die Ferien über nicht alles verlernt. Die Schüler kennen meine Auffassung: Grüßen ist etwas im Leben, was man überall auf der Welt gratis bekommt; man muss dafür kein Geldstück geben, aber das Grüßen kann unsere Lebensqualität veredeln oder verbessern, wo sie ins Wanken geraten ist. Und haben sie auch noch andere Dinge von mir gelernt? Ist das nicht etwas Erwähnenswertes, was ich im Leben als Erfolg zu verzeichnen habe, dass ich meine Schüler Lesen, Schreiben, Laufen und Springen und das Sich-Benehmen gelehrt habe? Ist das nichts? Da könnte ich mir doch ein Zeugnis ausstellen lassen von höchster Instanz, das beweist, dass ich mein Leben nicht nutzlos vertan habe.

Ich sah in helle, fröhliche und freundliche Gesichter, und irgendwie löste sich durch dieses aufgeschlossene Verhalten der Jugendlichen diese Hemmschwelle in mir, die eine mit

Angst ausgefüllte Barriere war. Natürlich sprachen wir über die langen Sommerferien, was jeder so mit seiner Familie erlebt hatte; der eine und der andere meldete sich durch Strecken der rechten Hand zu Wort und erzählte etwas Lustiges oder etwas Erzählenswertes, was der Erzähler als etwas besonders Aufregendes empfunden hat, und manch einer oder eine bekamen als Zuspruch und Anerkennung einen großen Applaus. Schüler haben ein sehr gutes Beurteilungsvermögen und können das Erzählte differenzieren und das Beste mit Applaus belohnen. Wir sprachen also über dies und jenes und natürlich auch über unser Schullandheim, das alle in den höchsten Tönen lobten. Und das Schönste daran war, dass niemand auch nur eine halbe negative Äußerung dar-über vorbrachte und keiner sich an eine vorangegangene Mitteilung erinnerte, die ich im Bus auf unserer Heimfahrt am Mikrophon ausgesprochen haben soll, die ich voraussichtlich im Zusammen-hang mit dem Schullandheim gemacht haben soll.

Das also ist die Variante, die ich vorzog. Erinnert sich keiner an meine Ankündigung, so soll es dabei bleiben, dann lasse ich eben alles auf sich beruhen und versuche erst gar nicht, das Schullandheim in ein anderes Licht zu rücken. Der Vormittag war mit Gesprächen, mit Schulbücher verteilen und anderen organisatorischen Angelegenheiten ausgefüllt. Ich beabsichtigte gerade die Schüler, da heute ja noch kein normaler Unterricht erfolgte, zu entlassen. Da bohrte sich ein Finger eines gestreckten dünnen Armes in die Luft. Der kleine Egon hatte anscheinend noch eine Frage, und

Fragen von Seiten der Schüler darf ein Lehrer niemals ignorieren und nicht unbeantwortet lassen.

„Also, kleiner Egon - so nannten wir ihn alle - was gibt es so Wichtiges, was heute am ersten Schultag noch ungeklärt geblieben ist?" Und ich glaube, dass es diesen wortkargen Schüler bestimmt große Überwindung gekostet hatte, sich zu dieser Frage durchzuringen. Der Wortlaut seiner Frage war: „Im Reisebus auf unserer Heimfahrt sagten Sie uns, dass Sie uns im Zusammenhang mit unserem Schullandheim noch etwas am ersten Schultag erzählen werden. Was wollten Sie uns sagen?"

Also, der von mir nicht bevorzugte Fall war ein-getreten. Nun - wie gesagt - zu seinem Versprechen muss man vor allem als Erzieher, als Lehrer stehen. Davor darf man sich keinesfalls drücken.

Da richtete ich meine Worte an die ganze Klasse, indem ich mich rechts vom Lehrertisch vor die Klasse an das Kopfende der Fensterreihe stellte und die Schüler, die schon im Weggehen begriffen waren, aufforderte, wieder ihre Sitzplätze einzunehmen.

Und dann begann ich bedächtig zu sprechen:
„Wir alle hatten ein tolles Schullandheim, und daran möchte ich auch nicht rütteln, aber ihr habt auch ein Recht darauf, zu erfahren, welches der Grund war, dass wir uns nur im Umkreis der Schutzhütte aufhielten." Ich ging in Details und schilderte die Sachlage. Die Reaktion war die: Es tobte eine Welle der Begeisterung. Schüler stiegen auf die Schulbänke, schwenkten ihre Mützen, ließen sie durch die Luft

wirbeln, pfiffen durch die Zähne und schrien durcheinander. Einer setzte sich mit seiner lauten metallenen Stimme durch und brüllte: „Und warum haben sie uns dieses mit den Häftlingen nicht dort oben bei der Schutzhütte gesagt?" Ohne allen Ernstes auf eine Antwort von mir zu warten, setzte schon der nächste nach: „Wenn wir das gewusst hätten, dann wären wir auch bereit gewesen, die Hütte zu verteidigen." Und ein anderer trompetete mit einem am Mund durch Hände geformten Sprachrohr: „Wir hätten sie fertig gemacht. Uns wäre keiner entkommen." Man hörte wilde Zurufe, aber auch Schmähworte und Schimpfwörter fielen, und mein Blick blieb am kleinen Egon hängen, der in der ersten Bank der Mittelreihe allein saß, und ich fragte mich, wie sollte er reagieren, der innerlich eigentlich alles selbst miterlebt hat, die Bilder der Bedrohung in sich getragen hat, die er aber nicht weiterreichen und damit auch niemandem helfen konnte. Der kleine Egon saß still und mit aufeinander gepressten Lippen stumm auf seinem Platz. Plötzlich erbleichte er und wischte sich mehrmals mit dem Handrücken seine feuchte Stirn ab, und dann ging alles rascher, als man das beschreiben kann. Er verdrehte die Augen, wollte sich von seinem Sitzplatz erheben, hielt sich noch an der Rücklehne der Bank fest und kippte dann einfach um. Da trat eine merkwürdige Stille ein. Alles stand still für Bruchteile von Sekunden. Es bildete sich rasch ein Kreis um den am Boden liegenden Egon, und ich musste mich regelrecht zu ihm durchkämpfen, um dem kleinen Egon in seinem Ohnmachtsanfall, den er erlitten hatte, beizustehen und laut Erste-Hilfe-Schulung erste medizinische Schritte einzuleiten, um sein Leben zu retten. Eigentlich konnte ich mir gar nicht Rechenschaft geben, wie ernst die Lage war. Dann raste ich zum Telefon im Treppenhaus und forderte einen Krankenwagen des Notdienstes an.

In Kürze erschien der angeforderte Krankenwagen mit Martinshorn und Blaulicht. Zur Zeit wussten wir nicht, wie schlimm es eigentlich um Egon bestellt war. Was war eigentlich mit ihm passiert; oder besser gefragt, was war eigentlich in ihm vorgegangen, was war der Auslöser dieses Ohnmachtsanfalls? Ich kannte zwar den Auslöser, wusste jedoch nicht, was in ihm vor sich ging. Doch ich versuchte, mir einiges selbst zu erklären:

Er war der einzige, der genau Bescheid wusste, in welch großer Gefahr wir uns im Schullandheim befunden hatten. Doch hatte er nicht Gelegenheit, sich anderen Menschen (außer mir) anzuvertrauen, so musste er all diese inneren Bilder selbst verarbeiten. Wahrscheinlich waren diese Bilder, die ihn gefangen hielten, nicht immer deutlich genug, eher verschwommen, so dass doch ein gewisser Prozentsatz der Ungenauigkeit da war. Und als er nun tatsächlich von dieser Belagerung durch Verbrecher erfuhr, hatte er einen Schock erlitten, der dann einem Ohnmachtsanfall gewichen war. In meiner realistischen Wiedergabe der Zustände im Schullandheim fand er die Bestätigung für die vor seinem inneren Auge entstandenen Bilder. Dieser Widerspruch, alles genau gewusst zu haben und nicht erhört worden zu sein, hat bei ihm diesen Schockzustand ausgelöst.

Der kleine Egon wurde auf einer Trage hinunter zum Krankenwagen gebracht, der im Schulhof vor dem großen Schulportal wartete. Seinen Ohnmachtsanfall hatte er überstanden; er blinzelte mit seinen Augenlidern ins grelle Sonnenlicht, aber auf Fragen wie: „Hörst du mich?" schwieg er hartnäckig. Inzwischen hatte sich ein Spalier von schaulustigen Schülern gebildet, durch das die Trage zum Krankenwagen gebracht worden war. Der Krankenwagen fuhr wieder gleitend mit Blaulicht, diesmal ohne Martinshorn davon, und das Schülerknäuel löste sich allmählich auf. Einer, so sprach es sich in der Schule herum, sei plötzlich umgekippt und hätte einen Ohnmachtsanfall gehabt, wahrscheinlich deshalb, weil er am Morgen nichts gefrühstückt hatte. Schüler finden immer und für alles eine Erklärung.

Ich stand unschlüssig da, ich wusste nicht, was ich in dieser Situation machen sollte. Natürlich wusste ich, dass es ein erstes Gebot war, die Eltern von diesem Krankheitsfall zu benachrichtigen, ja und dann, wie sollte es weiter gehen?

Ich ging, mich irgendwie am Geländer im Treppenhaus festhaltend, nach oben, ich ging wieder zurück, ich musste einfach wieder zurück ins Klassenzimmer, wo alles begann, und ich stellte mich mit den Händen in den Hosentaschen an die schwarzgrüne Altartafel, an welche die Schüler Willkommensgrüße ausgerichtet hatten. Ich stand da und stierte die Tafel an, die Tafel, an der ich so oft anschauliche Darstellungen angeschrieben hatte. Ich weiß nicht, ob es eine menschliche Schwäche zeigt, ob ich mich dafür schämen müsste, aber es rollten mir einige Tränen über die Wangen, die ich mit den Fingern wie störende Fremdkörper wegzuwischen versuchte. Es gibt schon viel Schlimmes in unserem Leben, aber das Furchtbarste im Leben, wenn wir Krankheit und Folter ausschließen, ist dieses, dass man unschuldig schuldig wird.

Die Schultafel im Unterricht ist bestimmt das wichtigste Anschauungsmaterial überhaupt. Davor stehe ich nun. Und ich gebe sicher ein klägliches Bild ab: ein hilfloser Mensch, ein geschlagener Lehrer, eine unbedeutende Person vor einer schwarzen Altartafel, an der weiß auf schwarz in säuberlicher Kinderhandschrift geschrieben steht: „Willkommen im neuen Schuljahr."